わすれて、わすれて

清水杜氏彦

Toshihiko Shimizu

Wasurete, Wasurete

早川書房

わすれて、わすれて

装画／片山若子
装幀／早川書房デザイン室

わたしには父や祖父がやっていたみたいに、この本を世のひとのために役立てるつもりはありません。ただただ個人的な復讐のためだけに使いたいのです。

カレン

でも、やられてやりかえしていたら、復讐の連鎖がどこまでも続いてしまいますよ。

アンネ

もくじ

プロローグ　第一の復讐（ひとりめ）　7
1　カレン　魔法の本をもつ少女　13
2　リリイ・ザ・フラッシャー　国でいちばんの少女　18
3　暴力の国　27
4　ダイアリー　34
5　カレンのおじいちゃんの注意書き　46
6　クリニック　47
7　たびのはじまり　51
8　きろくときおく　73
9　第二の復讐（ふたりめ）　93
10　うたをうたって　103
11　ぎじゅつとまほう　116
12　第三の復讐（さんにんめ）　133

13 オレンジ 157
14 アンネ 166
15 さよなら 185
16 いたい 201
17 おわかれ 214
18 めばえ 231
19 つながりのむこう 239
20 魔法のペン 248
21 やられて、やりかえして 261
22 第四の復讐（よにんめ） 275
23 うばって、うばわれて 291
エピローグ わすれて 310

プロローグ　第一の復讐（ひとりめ）

「四年前の七月二日のこと、おぼえていますか」

カレンは言った。

彼女はその男の家の引き出しの中身をかたっぱしから床にぶちまけていた。

金目のものがあればひろい、バッグに入れた。

ちがう、自分じゃない！　人違い、おまえの記憶違いだ！

男は最初、そう主張していた。

なんとも間抜けな言い逃れだと思った。もちろんカレンも信じなかった。

私はテーブルの上のマグカップに狙いを定め、空気砲の引き金を引いた。

ばん。

マグカップはこなごなになり、散った。

「正直に吐いてくれないと次はあなたを撃たなきゃいけない」私は言った。「おねがい、素直に認めて。自分の膝があのマグみたいに砕けるのはいやでしょ」

それから再び銃口を彼に向けた。

「……しかたなかったんだ」男は言った。「まさか殺しをすることになるとは思ってなかった。仲間が勝手にやったことだった」

「詳細はどうでもいいのです」カレンは言った。「わたしもあの日のことはおぼえていません。詳しく知りたいとも思わない。たしかなのは、あの日あなたがた四人がわたしの目の前で父を殺したという事実だけ。それがわかっていればほかはどうでもいいのです」

テーブルの上に置かれた男の右手は震えていた。人差し指に嵌められた金の指輪は光っていた。

「リリイ。その指輪も」カレンは私に言った。

「……いや、これはかんべんしてくれ」男は言った。「亡き妻と揃いの指輪なんだ」

「どうせ父から奪った金で買ったものでしょう」

男は渋った。目を閉じて口を固く結んでいた。額は汗でびっしょりだった。

「あんまりのろのろしていると」カレンは言った。「リリイの銃が次は指や脚をぶち抜きますよ」

彼は逡巡ののち観念し、指輪を外して床に投げた。

「最初から素直にそうしていればいいのです」カレンは指輪を拾いながら言った。彼女のまっすぐな金色の髪が椅子の脚をこすった。ひらいた襟ぐりから首元の傷痕がのぞいた。「こうなった時点で選択肢はないのですから」

そのあともカレンは次から次へ家具をひっくり返していった。

カーペットを剝がし、床を壊し、天井を割った。

「おかしいですね」彼女は言った。「あなたがたが父から奪った金はこんなもんじゃなかったはず。どこに隠しているのです?」

「……それ以上はない」

「リリイ、吐かせて」

私はため息をつき、彼に伝えた。

「言わないとひどいことが起きる。言ったほうがいいと思うけど」

「ひどいことならもう起きてる」男は言った。

「これがひどいことだと思ってるなら、たぶん地獄を見ることになる」

私は銃口を彼のこめかみに押し付けた。

「……ぐっ」

男が迷っていると、フライパンを持ってやってきたカレンが彼の顔面を打ちひしいだ。

折れた歯は床に落ちた。

「喋らずにいると拷問が始まりますよ」彼女は言った。「顔面を叩かれるくらいならまだいいほうです。次は人差し指が消えて、中指が消えます。脚を撃たれます。耳が削《そ》げ、目が潰れます。わたしたちが美少女だからってなめないほうがいいですよ。あの日、父を奪われたこどもは復讐の鬼になったのです」

そして顎を打った。男は椅子の上で意識を失いかけた。テーブルには血と涎《よだれ》が散った。

「カレン」私は言った。「落ち着いて」

「このくらいは必要です。甘くやってたらなにも吐きません」

「気を失われたら時間がかかって面倒でしょ。それに血が散るのもいや。服が汚れる」

「リリイ。潔癖すぎますよ。服ぐらい新しいのを買ってあげます」

男は痛みと恐怖と戦っていた。

彼の頭は落ち着きなくテーブルの上を揺れた。

「……覚悟しろ」男は言った。「こんなことしてただじゃ済まさない。クリニックの娘カレンとあのリリイ。いずれこの日を後悔することになるだろう」

カレンはもう一度、顔面をフライパンで叩いた。

男は喚いたが、相変わらず財産のありかは吐かなかった。

しびれを切らした彼女は私から空気砲を奪って男の左手人差し指を撃ち抜いた。

ばん。

それが彼にとっての地獄の始まりだった。

彼女は時間をかけて、無抵抗になった男の顔を鋼製の調理器具で何度も殴打した。

彼のこころは指を撃たれた時点で折れていた。傍目にもわかった。

しかし彼女は念を入れた。男への暴力は止まらなかった。

「やりすぎだって」私は言った。

「復讐とはこういうものですよ」カレンは言った。

拷問の結果、この男が持っているのは金だけだとわかった。予想はしていたものの、がっかりした。話によれば、彼は詳細を知らされずにあの日の強盗に参加させられていたらしい。「魔法の本」の存在さえ認知していなかった。となれば「魔法のペン」を持っているはずもない。

情報を吐かせたとカレンが確認したときには、彼の鼻は曲がり、前歯は三本失われていた。頰骨が折れたせいで目の下の皮膚が裂け、そこからは血が舌みたいに出ていた。

埋め込みの隠し金庫から金を回収したあと、カレンはキッチンから持ってきた台拭きでテーブルを拭い、そこにダイアリーとボールペンを置いた。

「あなたにはこれからそこに文字を書いてもらいます」とカレン。「書いてもらう内容は簡単、きょうの日付です。『N5年10月2日のこと』、たったそれだけでいいのです」

男は血と涙とよだれに塗《まみ》れた顔をカレンに向け、にらんだ。

彼女は、そんな汚い顔は見たくないというふうに窓の外を見ていた。

「……なんだ、それは」

「いいから書いて。あなたが知ったところでどうしようもないものよ」私が言った。

「……書くもんか」

「いえ書くしかないの。書かないとまた撃たれることになる」

結局、男は書いた。彼は悔しげに唇を嚙み締めていた。

「最初からそうすればいいのです」カレンは言った。「ばかなひと」

私は男の手と脚を椅子に縛り上げ、頭から空気穴の空いた袋をかぶせた。指の欠損部からの失血を止めるべく、手にガムテープをぐるぐる巻いた。死に至らしめないための配慮。殺すのは私たちのポリシーに反する。もっとも、剝がすときはすごく痛そうだけど。

私はバッグを担ぎ、カレンはダイアリーを開いたまま手に持って外に出た。そしてふたりで十分にその家から遠ざかったあと、その魔法の本を閉じた。

それからなにが起きたか？　なにも起きなかった。

だれかに追われることも、官憲に捕まることもなかった。

つまりそれは、復讐が成功したということ。

1　カレン　魔法の本をもつ少女

これは「魔法の本」です。

カレンは実物を見せながら私に言った。ふたりでカフェにいるときのことだった。

もっとも、ほんとうに魔法かどうかはわかりません。でも便宜的にそう捉えています。どうして魔法かというと「書き込んだことをわすれられる」からです。

わすれたいことを書くと、本を閉じた瞬間に書いた本人からその記憶が消えます。

たとえば「プリン」と書いて本を閉じればプリンがなんであったかを思い出せなくなるでしょう。あるいは「きのうのこと」でもいいのです。わすれたいきのうがあるのなら書くだけでわすれられます。

本を閉じる、まさに一瞬のできごとです。

ぱたん。

おしまい。

たぶんあなたは本になにを書いたのかさえ思い出せません。閉じてしまったら最後、もう一度開いたところで、わすれた「きのう」になにがあったのかを思い出すことはできないのです。

わかることがあるとすればただひとつ。

「自分がきのうをわすれたがっていた」という事実だけ。

それは怖いとも切ないともつかない妙な感覚です。使ったことのあるわたしにはわかります。

父や祖父はクリニックを訪れた患者のトラウマをこの本を使ってわすれさせていたといいます。

とはいえ患者も苦い記憶の具体的内容などあらためて文字に起こしたいはずはありません。どこでだれになにをされたかなんて、本人にとっては描写するのさえはばかられることなのです。

ですからみな本には抽象的に日付ばかりを綴りました。

「○年○月○日のこと」

「△年△月△日のこと」

「□年□月□日のこと」

わたしの家のひとたちがこの本を「ダイ、アリー、、、」と呼んだ理由です。

日付が連なる本。でもその日の中身は見えません。

この本を継ぐのはわたしで三代目です。

精神医療に携わっていた祖父はこれを手に入れたとき、天からの贈り物だと確信したと言います。

父も祖父のクリニックを継ぎ、不都合な記憶に悩まされる人々のためにダイアリーを使いました。身内であるわたしが言うのもなんですがふたりとも真面目な人でした。クリニックが繁盛したこと以上に、世に貢献できていることに喜びを感じていたみたいです。

しかしやはり、魔法の本は魔法の本。悪い人たちの格好の標的。この国で価値あるなにかを所有することは、襲われ、奪われるリスクを背負うことと同義です。父はダイアリーの秘密を人に言わないようにしていましたが、身内に裏切られました。祖父の跡を継げなかった実の弟に情報を売られたのです。結果、ダイアリーの強奪を企てた叔父を含む四人の悪党たちに殺されました。見てください、この首元の弾痕。ひどいでしょう。わたしも撃たれ、死にかけたのです。四人の悪党はいまもなおのうのうと生きています。

父は勇敢にもダイアリーのありか、具体的には祖母に預けたことを吐かずに死を選んだようです。たぶん拷問だってされたでしょう、目を覆いたくなるようなひどいことも。

あの七月二日のことはわたし自身、おぼえていません。祖母がわたしにあの日付を魔法の本に書き込ませたようです。父親が目の前で惨殺される様子など、孫におぼえさせておきたいわけはありませんから。

叔父を含む四人の悪党はその後も魔法の本を求めて方々を襲撃しました。

もちろん祖母の住む父の実家も被害を免れませんでした。

いちはやく危険を察知した祖母は裏口から脱出しダイアリーとともに難を逃れましたが、回収が間に合わなかった財産は略奪されてしまいました。

そのとき奪われたのがもうひとつの家宝、「魔法のペン」です。

「魔法のペン」はホワイトマーカーというか、修正液みたいなものです。それで魔法の本に書かれた文字を消すと当該記憶がよみがえると言われています。父や祖父が使っているのを見たことはありませんが、本とペンはつがいのアイテムだったようです。

魔法のペンは祖母の宝物でした。略奪されたことを知った祖母は嘆き、かなしみました。

再襲撃のリスクから、祖母はいまも実家には戻れず、各地を転々としながら暮らしています。

悪党の中に自分の息子がいたため、祖母は犯人を知りながら捜査関係者に教えませんでした。情けないことですが理解はできます。もういちど息子を失うのはつらいことでしょう。それがどんなばか息子であったとしても。

しかし、祖母がよくてもわたしはよくありません。

真実を知ったからにはあの四人に自らの手でしかるべき報いを受けさせたいのです。

リリイ。

お願いしたいことは簡単です。

この国でもっとも優れた銃の腕を持つあなたに、わたしの復讐を手伝って欲しいのです。

わたしの父を殺した、四人の悪党への復讐を。


この国は狂っています。

毎日強盗や殺人が繰り返されてばかり。

ベッドのなかで震えない日はありません。

実際わたしたちはかわいそうな被害者です。


リリイ。

あなたならわたしのちからになってくれると信じています。

あなたも強盗に家族を殺された哀れな少女、そうでしょ？

2　リリイ・ザ・フラッシャー　国でいちばんの少女

「死人に口なし」というのは父と母をいたぶっていた三人の悪党が言った台詞のひとつで、頭を殴られて気を失っていた私の耳がようやく聞き取った初めての言葉だった。

三人は私が死んでいると思っていた。だから私は殺されずに済んだ。

でも両親は生きていて、彼らの前でひざまずいていた。


リビングの床の上、細く開いた目の隙間から父と母の怯えた顔が見えた。

母はうつむき、涙を流していた。

父は勇敢にも三人の悪党を睨みつけていたが、唇はぶるぶる震えていた。

そんな父の姿は、できれば見たくはなかった。

私を鍛え上げた、あの強い父でいてほしかった。やわな部分など知りたくはない。

私は彼らに気付かれないように右手を動かしてインナーベルトを探ったけど、やはり銃は抜き取られていた。落胆するほど期待してはいなかった。絶望するほどの希望もなかった。私たち三人の家族はこれから死ぬのだと思った。

思えば異変に気付いて一階に降りたあのとき、悪党を見た瞬間に撃ち抜いておくべきだった。殺しをためらい、警告なんて与えていたからこのざま。

判断の甘さが私を、家族を、追い詰めた。

主犯格のふたりの男は醜い笑顔で金庫の金を数えていた。

いま、私の手元に銃が一挺ありさえすれば瞬く間にあの顔に銃弾をぶちこんでやるのに。

「あんたら、俺たちの顔を見ちまったもんな」とひとりが言った。

「消すしかない」別の男が言った。「生かしておけば捕まる。殺せば捕まらない。迷うほどの選択じゃない」

「……おねがいです。……だれにも言いませんから。……おねがいですよ」

母の声は小さかった。

悪党たちは母の命乞いを面白がり、笑った。

「だれにも言わないわけはねえんだな。娘を殺されて黙っているような親には見えねえもの」

「……言いません。……いえ。私はいいのです。でもせめて……あの子を病院に運んであげて……」

「娘の心配より自分の心配をしたほうがいいぜ、おばさん」

そして見張りの男が母の頭に銃を突きつけた。

私が考えていたのは母と父を救う方法のこと。

ここから一番ちかい銃の隠し処《どころ》は、キッチン。

食器棚の二段目の缶にリヴォルヴァーが入っている。

起き上がって駆け出すのに一秒、キッチンまで走るのに二秒、弾を込めるのに三秒。

首尾よく運んでも六秒はかかる。

逆に六秒あれば、私には確実にやつらを殺せる。

銃を手にした私に勝てるものなんてこの国にはいない。


それにしても、先月つけたばかりの玄関のロックはとんだ役立たずだった。

四つもつけたのだ。四つ。金物屋の店主はたしかに「四つつければ間違いない」と言った。

だけど実際は、物音が聞こえてから十秒と経たないうちに悪党たちはリビングにたどり着いた。

あのまぬけの金物屋め。次、顔を合わせたら怒鳴ってやりたい。

次があればのはなしだけれど。


私は床に寝転んだまま、はやる気持ちを抑えた。やみくもに動いても事態は悪化するだけ。

悪党どもは私が死んだと思ってる。それはこの状況において数少ないポジティヴな要素だった。

確実にとどめを刺してこなかったところを見るに、ひょっとしたら私がだれなのか気付いていないのかもしれない。

「おい、これっぽっちか。おまえらもっと蓄えてんだろ」

金を数えていた男が言った。

「他にはない」父は言った。「そこにあるのでぜんぶだ」

「金の在《あ》り処《か》を吐かねえと女が痛い目見るぞ」

「ないものはない。信じてもら……」

父が言葉を言い終えぬうちに悪党は母の太ももに向けて銃を撃った。


あああああああああああああ！


母の悲鳴が耳を刺した。

血しぶきはこちらの顔にまで飛んだ。

私は集中した。顔を動かさないように、額から汗を流さないように、涙を流さないように。

腋に汗が滲むのを感じた。背がべったりと濡れた。

——だれも私の顔を見ていませんように。

瞼に閉ざされた暗闇で私が祈るのはそればかりだった。

「やめろ！」父が叫んだ。「撃つなら私を撃て！　妻には手を出すな！」

「おまえもそのうち撃ってやるよ」と銃を持つ男が言った。「だが順番ってもんがあってな」

母は前のめりになり床に額を押し付けた。後手に縛られた両腕が伸びて不格好な姿勢になった。

激しい痛みに身を捩《よじ》っていた。

母の苦痛に歪んだ顔が、長い髪が血をひきずり、フローリングを汚した。

「さあ、おっさん」男が言った。「他の金はどこにある？　場所以外の言葉を発した瞬間に、今度は女の肩に穴があく」


父が冷静さを欠いていたとは思わない。

悪党どものエスカレートする悪行を見ていたら、父のとった行動は的確だったと認められる。

結果的に、そのアクションのせいで命を落としてしまったけれど。


父は一瞬にして立ち上がり、銃を持つ男に体当たりを試みた。

でもやはり、銃弾が父よりも速かった。

すかさず四度の銃声。

弾を撃ち込まれた父はトドみたいに倒れた。

どすん。

床の上の私の頭がわずかに浮き上がった。

父のことはそれほど好きじゃなかった。しかし死んだら、当たり前だけどかなしい。極力そのことは考えないようにした。感傷に浸るような、涙を流すような状況ではないのだ。

「ああああああああ！　いや！　いやああああ！　ああああ、ああああああああ！」

母は叫び、泣いた。ごつごつと床を頭で打った。痛みと、かなしみと、恐怖が、母をおかしくしてしまった。

男は再び母に銃口を向けた。

「意味がわかるよな？」と男は言った。

私は右手を強く握りしめた。

――母は、母だけは助ける。助けなきゃならない。

男は母の肩に銃を突きつけた。

「みっつ数えてやる」と彼は言った。

あの男が撃つことに疑いの余地はなかった。さっきだって撃った。次、撃たない理由はどこにもない。

私は目を見開き、駆け出した。
「おいっ！　あの小娘、生きてるぞ！」とだれかが言った。
「リ、リ、リリイ！」と母が言った。
私はキッチンのカウンターの陰に滑り込み、食器棚を開けた。
缶の中には真っ黒なリヴォルヴァー。
弾を装填する手がこんなに震えていたことがあっただろうか。
一秒もむだにはできない。こわばった指先を必死に動かしながらそう思った。
しかしだ。やはり手遅れだった。

ぱん。

カウンターの向こうで銃声。
立ち上がり振り向くと、母が血を流し倒れていた。
「おじょうちゃん、あんたが勝手に動くからママは死んじまったよ」
銃を握る男は言った。
床の上の母の手のひらは、めいっぱいに開かれていた。
手に握ったリヴォルヴァーはシリンダーを戻せばすぐに撃てた。

あと一手早ければ私は母をまもれたはずだった。

「さ、次はおまえだ。覚悟してこっちにこい」

男は私に銃を向けた。でも彼は次の瞬間には死んだ。

私に銃を向けた人間で生き延びたやつはいない。

「覚悟するのはそっちのほう。私がだれか知らないの？」

床に崩れた仲間の姿を見て残りのふたりは動揺した。ようやくこちらの正体に気付いたようでもあった。

私はキッチンから父と母のところへと歩いた。

右手に握ったリヴォルヴァーの銃口が帯びた熱をワンピースの下の太ももが感じた。

父と母は、やはり死んでいた。

死んでいないわけはなかった。近づく前からわかっていたこと。

それでもあらためて死を確認するとかなしみを感じずにはいられなかった。

妹が死んだ日以来の深いかなしみ。涙はとまらなかった。

ふたりの悪党は銃を構えようとしたけれど、私はそれを許さなかった。

まずは彼らの膝を撃った。ふたりは痛みのあまり床をのたうち回り、悲鳴を上げた。気にならなかった。人の悲鳴は聞き慣れてる。

私はキッチンに行き、缶の中の銃弾を鷲摑みにしてリビングに戻った。

そこから先、彼らがどれほど苦しみながら消えたかについて、私から説明するのは難しい。

3　暴力の国

奪わなければ奪われるのが体制崩壊後の退廃した社会の原則で、みなやられる前にやったし、殺される前に殺した。それがこの国で当然のルールのひとつだった。

取り締まる側の人員は圧倒的に不足し、結果、自衛のために銃が普及した。

それは市民にとっての武器である以上に強盗にとっての有為な道具になった。

犯罪は凶悪化し、件数は増えた。


増加の一途をたどる暴力と恐喝について、国は厳罰を科することで抑制を試みた。

悪質な強盗犯罪を行ったものには死刑を科した。

おろかな中央の人間どもはそれで強盗が減るとでも思ったのだろうか。

政策は完全に裏目で、強盗後の口封じのための殺人が増えただけだった。

捕まるリスクを減らすために被害者を殺すのは当然。強盗をやれば死刑、だったら、殺人を犯したってそれ以上罪が重くなることもない。

中央は阿呆ばかりだと父は言っていたがその通りだと思った。

死んだ父は厳格な人だった。私に銃の撃ち方を教えたのも父だった。

妹の死を機に、私はひたすら練習に打ち込み、ついには国で一番の少女になった。

リリイ・ザ・フラッシャー。

部屋の棚に飾られたトロフィーと盾の数々。

閃光のごとき早撃ち少女。渾名の由来。


私は家族をまもるために銃を撃った。

まちの自警団に入って市民のためにはたらきもした。

銃のいいところはあらゆる身体的なハンデをちゃらにするってところ。

若かろうが小さかろうが女だろうが関係ない。優れた腕を持つ人間が勝つ。

活動について、母は私の身を案じたが、父は歓迎した。

リスクを引き受けて人の役に立つ人間は尊敬に価するというのが父の考えだった。

自警活動の過程では犯罪者を殺しもした。正当防衛。自衛のためにはしかたのないことだった。

この国では暴力なしになにかを解決することはできない。

だれかを殺すと、その恨みを抱えた別のだれかがやってきて罪なき市民を傷つける。それを私たちが殺す。するとまた別のだれかが……。不毛な繰り返し。復讐の負の連鎖。

私がねじ伏せた強盗の何人かは有名な悪党だった。

ニュースが全土に広まると、みんなが私を持ち上げた。世間は天才に箔をつけるのが好きらしい。

そういうのは、はっきり言ってうんざりだった。

銃の腕は見世物じゃない。もちろんだれかに褒めてもらうためのものでも。

撃つ目的はただひとつ。自分を、家族を、まもるため。


でもあの日、一階に降りた私は悪党たちに銃を向けたきり引き金を引かなかった。

死角から不意打ちで頭を殴打された瞬間、やはり殺しておくべきだったと後悔したのは言うまでもない。

迫る床。飛び散る血。母が私の名を叫んでいたことははっきりとおぼえている。

そのあと起こったことはいたってシンプルだ。

母と父は殺され、私は殺したやつらを殺した。


――奪わなければ奪われる。


わかりきったことだったはず。

どうせ殺すのならむしろ最初から撃っておけばよかった。そうすれば父と母は死なずに済んだのに。なんのための銃の腕だか。われながら呆れる。

私は自警団を退いた。

人の役に立てと説いた父は死んだ。まもりたかった母もいなくなってしまった。

後悔から銃は握れなくなった。いまさら握る理由もないように思えた。

壁に掛けられたメダルや感謝状を見るたびに失望を感じたのは言うまでもない。

両親の死後は世話係に言って、ぜんぶ外させ、捨てさせた。

＊

私の家は裕福だった。

父は実業家だったし、母は優秀なピアノ教師だった。

性格は対照的だった。

父は、人を見たら泥棒と思え、と私に叩き込んだ。

母は、人はみな善のこころを持っている、と説いた。

どちらかといえば母の思想のほうが好みだった。

私は人を殺す術を会得していたが、殺したいと思って殺したことはなかった。

父は「その甘い考えがいつかお前の身を滅ぼすんだ」と怒ったが、母は理解を示してくれた。

「あなたは優しい子だものね」

そう。私は優しい子に育ちたかった。母に望まれたように。

ピアノを弾く母が好きだった。将来は銃なんか手放してピアノを弾く人になりたいと思っていた。

母が奏でてくれたメヌエットのメロディは、いま目を閉じても耳によみがえる。


あの日、そのピアノが汚れた。

私が初めて、殺したいと思って人を殺した日だった。

悪党たちの血が跳ねた鍵盤はいくら拭っても弾く気にはなれない。

復讐をして後悔したか？

後悔した。意味のないことだったと思う。あとに残ったのはむなしさだけだった。

三人の悪党どもを殺しても母や父は生き返りはしない。当たり前だけど。

激情に駆られて愚かなことをしたと反省している。

例によって世間の反応は裏腹なものだったけれど。


私が通っていたのは国でいちばんの女子校。

学力がいちばんというわけではない。品がいちばんよいところというだけ。

まわりには私と同じく裕福な家の子がたくさんいた。上流階級の家庭はこぞってこの学校に娘を入れたがった。常識的な人間が集まる場所。級友から搾取、略奪される恐れのない上品な学び舎。

必然というべきか、強盗に遭ったことのある生徒が多かった。

同窓生の三人に一人は裕福さゆえ犯罪に巻き込まれた経験があり、十人に一人は親のどちらかを失っていた。だいたいは母親。亭主の留守を狙って家を襲う強盗の被害に遭うのはいつだって非力な女性だった。昔は一般家庭規模の警備でも引き受けてくれる会社があったが今はもうない。ビジネスとして成り立たないみたい。警備員は撃たれれば倒れる。鋼製の建具よりも、ロックよりも生身の人間はもろい。

友人のカレンもまた、親を失った生徒のひとりだった。


私たちにはいくつか決定的な、しかしこの学校ではわりとありふれた、共通点があった。

ふたりとも裕福な家庭で育ったこと。

ふたりとも美少女であったこと。

そして、ふたりとも親を強盗に殺された過去を持つこと。


金色の髪の少女、カレン。

性格は真面目で、おしとやか。

彼女はあたまがいい。クールで決断力もある。

顔だって小さい。目の色はきれい。スタイルも悪くない。

どれも私ほどじゃないけれど。

自尊心の高い彼女がこれまで頼みごとをしてくることなんて一度もなかった。
でも彼女はしてきた。
復讐を手伝ってほしいと彼女は言った。
七月二日。
説明の中で、カレンはその日付を呪文みたいに繰り返した。

4　ダイアリー

ダイアリーと呼ばれる魔法の本はまっしろな皮装幀で、ぶあつかった。

「もっとも、レザーカバーは父があとからつけたものです。父はこの本をとにかく大切にしていました。祖父が入手したときには裸の状態だったと聞いています。どのようにそれを手に入れたのかは知りません。祖父自身がおぼえてなかったからです。見返しに書かれた注意書きは祖父が書き込んだもの。運用上の留意事項といったところでしょうか」

カレンの話では、書き込む本人が対象を意識しながらわすれたいことを書き込めば、魔法の本はそれをわすれさせてくれるとのこと。

本の三分の二くらいは、どのページにもぎっちり文字が書き込まれていた。

日付が連なる本、ダイアリー。

残りの三分の一はまだまっさら。

復讐の旅で使うためのページの心配はいらないと彼女は言った。

「たとえばメロンのことを考えながらプリンって書き込んだらどうなるの？」私が訊いた。

「脳や意識をそんなに器用にコントロールできる人間はいません。プリンと書き込んだ時点では必ずプリンのことを考えるはずです。よってプリンのことをわすれます。祖父が使った比喩を借りるなら、ゾウの姿を思い浮かべずにゾウの絵を描けるひとがいないのと同じです」

彼女の説明によれば「書き込む」という行為すなわち「本人が自分の意識を表出させる」行為こそが魔法へコミットする手段であるらしい。これなら言葉の境目が曖昧であっても機能する理屈が通る気もする。

「字がへたという理由で記憶が消えなかったひともいませんしね」

「ページを破いたり、本を焼いたりしたら?」

「やってみたことがないからわかるわけありません。家宝ですよ。これから試すつもりもない。しかし祖父の話ではルールはいたってシンプルなはずです。『書いて、閉じる。記された事項については思い出せない』、それだけです。使い方に応用はありません」


私たちはさびれたカフェの隅の席で昼食をとっていた。

サンドウィッチはかたく、コーヒーはぬるかった。

BGMのピアノの音はひび割れていた。


「で、カレンはこの魔法の本を使って親のかたきに復讐するつもり、と」

「そのとおり」カレンは言った。「だからリリイにボディガードを頼みたいのです」

「というかあの日の事件の犯人がわかってるんだから通報すればいいじゃん。官憲が捕まえれば極刑にかけてもらえる。しかるべき報いを与えられると思うけど」

「四年も前の事件ですよ。立証を期待できません。奪われたお金や『魔法のペン』を取り戻してもらうことについては言わずもがなです」カレンは言った。「それに、そもそも死は簡単すぎます。痛みと恐怖を自らの手で与えたほうがいい」

「銃は捨てた」私は言った。「鉛玉をだれかにぶちこむのはもうかんべん」

「私の空気砲があります。それを使えば鉛玉をぶち込まずに済むでしょ」

そういう問題じゃないけど、と私は思った。

「ねえカレン。復讐したい気持ちはわかる。でも暴力はもういやなの。復讐なんかしてもだれも喜ばない。死んだ人も報われない。それに強盗なんかして捕まったら私たちが死刑だよ」

「捕まりませんよ。相手を通報できなくします」

「……口封じに殺すの？」

「そうしたいところですがそこまではしません。口封じの問題は魔法の本があれば解決しますから」

「よかった。人殺しなんてもうまっぴら」

カレンはナプキンを小さく折り畳んで犬を作っていた。指先が器用な彼女にはたいていのことができる。折り上がると、テーブルの上にその紙の犬を立たせた。足が短い犬だった。

「あなたは優しすぎます」

彼女は言った。

「わたしもあなたもこの国でさんざん傷つけられてきました。もう秩序なんてないのです。あるのは『やらなかったらやられる、奪わなかったら奪われる』という単純なルールだけ。リリイのその銃の腕だって自分の身をまもれるよう仕込まれたものじゃないですか」

「そう。自分の身をまもるため。他人を傷つけるためじゃなくて」

「この国では他人を傷つけながらじゃなきゃ自分をまもれません。いちばんよくわかってるでしょ」

そして彼女は立ったばかりの犬を右手で押し潰した。

「だからリリイはこれまでに人を殺した。殺したかったからじゃなく、自分や家族をまもるために」

「そのはなしはやめて」

私は自衛のためにこそ銃を撃ってきた。そして引き金を引くのをためらった日、両親を失った。

だからカレンが言いたいことはよくわかる。

「リリイ。わたしたちは似た者同士なんです。これまでに多くを奪われた被害者。でしょ？」

「否定はしないけど」

「だからこれから取り戻そうとしてます。奪われたものを、奪ったひとから」

「その本を使って？」

「そう。奪うのはわたし。リリイはわたしが危なくなったら相手を撃ち殺してくれるだけでいいです」

「私、もう銃で人を撃ちたくない」

「だったら立ってるだけでも」とカレンは言った。「リリイ・ザ・フラッシャーが横にいれば相手もばかなことはしないはずですから」

「だといいけどね」

ソーサの横の、彼女が潰した紙の犬はカエルみたいにぺしゃんこだった。

「学校は？　明日にはもう後期が始まる。夏休みは終わりだけど」

「一週や二週さぼったって影響はないでしょう。どうせあそこで大したことは学べません。先生にはわたしから言っておきます。連絡をしておかないと後々めんどうになりますし」

「カレンは先生からは気に入られてるもんね」

「こどもから好かれないけど大人からは好かれるんです、昔から」

彼女は空になったカップを置いた。

「復讐が終わったらリリイもこのダイアリーですべてをわすれるといいと思います。今回のことも、これまでのつらいできごとも。わすれるというのは救いです。あなたはもう少し明るく生きるべきだと思います」

「カレンだってひとのこと言えないでしょ」

「わたしはいいんです。でもリリイは笑っていた方がずっといい。かわいい顔が台無しです」

「顔がかわいいのは自分でも知ってる」

「おとなしいくせに自信家なところも嫌いじゃありません」

私はため息をついた。

「……ほんとに護衛だけだよ？　それによっぽどのことがない限り人は撃たないから」

「それに結局は友人を見捨てられないその親切な性格もだいすきです」

＊

カレンは九月下旬に十六歳になった。

わたしは十月下旬に十六歳になる。

だからいまは、暫定的に彼女のほうが一個年上。


カレンはクラスでは目立つ存在だった。

授業中の発言は多くない。学級委員を引き受けたりはしないし、部活もやっていない。

それでも彼女が周囲から一目置かれていたのは、そのとらえどころのなさゆえだったと思う。

愛想が悪いのか良いのかわからなかった。思いやりがないのかあるのかわからなかった。

多数決を採るときも我関せずという顔で手を挙げなかったし、かといって自己主張がないかといえばそんなこともなく、気に入らない先生の説明に矛盾点があれば口論をふっかけ、たとえ休み時間が削られようがとことんまで追及した。

見た目の麗しさも相まって、みんなが彼女に興味を持っていた。

よくわからないけど仲良くなっておきたいと思えるタイプの女の子だった。

でもチャーミングな笑顔に騙されて友人になろうとしたクラスメイトは悉《ことごと》くこころを折られた。

「ごめんなさい。わたし、男女によらず非美形のひとには興味がないのです」

懇意になりたいと勇気を出した女子のなかには泣いてしまう子もいた。

どっちもどっちだな、と私は思った。


私はカレンの数少ない友人だった。

どうして私が彼女と親しくなれたのかはわからない。たぶん私が彼女に劣らない美少女だったからだと推測する。女子はみなかわいい女子に憧れる。互いにドライなところも相性がよかったのかもしれない。媚びないし、干渉しない。べたべたくっつくのもいや。それにこころの中では、多くの女子がそうであるように、相手より自分の方が女として勝っていると思ってる。ただ私たちが多くの女子と違うのはそれを口に出すところ。私は私のほうが、カレンはカレンのほうが女として魅力的だと言った。そこだけは譲らなかった。

「それにしても」私は言った。「もうすこしクラスのみんなと仲良くしなよ。私がいなくなったらひとりぼっちになるよ」

「中途半端な友人と一緒にいるくらいなら」カレンは言った。「ひとりのほうがましなのです」

「どうして友人になりたがるひとたちを拒むの？」

「理由はいくつかありますが、いちばんは自分を魅力的にしておきたいからかもしれません。相手が求めるものを簡単に手に入れさせないことは価値を高めるために重要なことですから」

「ふうん、よくわかんないけど」

「わからないはずです。だからリリイはもてないのです」

ミドルレングスの金色の髪に覆われた顔は小さくて、物を食べるときは小動物みたいにせわしなく、しかし上品に、口を動かした。

私はカレンの食事をする姿を見るのが好きだった。

彼女にわずかに残ったあどけなさがその場面でのみ垣間《かいま》見《み》れたから。

＊

カレンの計画を簡単に説明するとこういうことだ。

1　復讐のターゲットはカレンの父親を殺し、財産を奪った四人。
2　ふたりでターゲットの家に押し入る。おおかた所在地の目星はついている。
3　私が相手に銃を突きつける。カレンが略奪を行う。少々の拷問も。
4　さんざんやって気が済んだらダイアリーを取り出す。
5　銃で脅し、当日の日付で『〇年〇月〇日のこと』と書かせる。ダイアリーの存在を知っていた人間については『魔法の本のこと』とも。

6　相手の手足を縛った上で私たちは逃げる。そして十分に離れたあとでダイアリーを閉じる。
7　ターゲットからその日のそれまでの記憶が消える。だれになにをされたかわからない。
8　すべての復讐が終わったら私とカレンはこの一連の出来事をわすれ、ふつうの少女に戻る。

八つめについては復讐に協力する見返りとして私がカレンに出した条件。

復讐を手伝うのはカレンのためになるからいいとしても、だれかを故意に傷つけたり苦しめたりした記憶を引きずりながら生きたくはない。協力するのはあくまでカレンのためなのだと割り切りたかった。

「意志はかたいほうなの」私は言った。「決めたことはかならずやってもらう。いい？」

カレンは私が出した条件を快諾した。

「そんなの簡単ですよ」と彼女は言った。

＊

復讐の旅の表面的な目標は奪われたお金と『魔法のペン』を取り返すことだったけど、カレンはむしろその過程で標的たちに苦痛を与えることにこそ重きを置いているようだった。

「父を殺したやつらですよ。痛い目に遭わせなきゃ気が済みません」

「気持ちは理解できるけど過剰な暴力には反対」私は言った。「やりすぎはだめ」

「親を殺されておいてやりすぎもなにもないでしょう。あなただってあのとき相手を殺したはず」

「それはまあ、そうだけど」

「ただ奪い返すだけじゃ足りないんです。目にもの見せてやりますよ」

カレンは言い出したら聞かないところがある。だからそれ以上説得はしなかった。

「ねえ。お金はともかく、魔法のペンを取り戻したらどうするの。カレンが使うの？」

「魔法のペンは祖母が大切にしていたものなんです。祖父との思い出が詰まっています。だから奪還後は祖母のもとへ届けるつもりです」カレンは言った。「だれが持っているかはわかりませんが、全員を調べれば済む話でしょう。四人のうち三人のターゲットの居場所はわかっています。彼らは父のクリニックを襲うに際し、さしあたりチームを組んだだけの悪党たちです。強い絆はなし。個別に片付ければ問題は生じません。主犯格のふたりはダイアリーの存在と効果を知っていたと思われます。残りのふたりはダイアリーの正体を知らされないままに協力させられていた可能性があります。祖母から聞いた話だとそういうことのようです」

「おばあちゃんは真相のすべてを知ってる？」

「だいたいは。父が拷問される現場を目撃したわたしが祖母に伝えたようです。といっても、わたし自身には記憶はありません。祖母がのちにダイアリーを使って、その日のトラウマをわすれさせたみたいですから」

カレンはダイアリーのとあるページを開き、私にかざして見せた。

片隅に幼い文字で『N1年7月2日のこと』と書かれていた。

「当時のわたしの字です」

文字はぎざぎざだった。

その下には同じ筆跡で『魔法の本のこと』とあった。

「それもわたしが書きました。だからこれの存在をわすれていたのです。でも十六の誕生日を迎えた一昨日の夜、祖母からの電話で知らされました。わたしが大きくなったらダイアリーを継がせるというのが祖母に託した際の父の遺志だったようです。

父の死の真相を聞かされたわたしの胸には、かなしみでなく怒りが満ちました。わたしの父、わたしのしあわせな日々を奪った四人への怒りが。しばらく声が出せなくなりました。なにを言えばいいかわからなかったのです。

わたしは受話器を持ったまま目をつむりました。たくさんの思い出がフラッシュバックしました。やさしかった父。胸に抱きしめていた善き日々たち。わたしは父に憧れていたのです。

やがて涙があふれて、わたしは電話の前でむせびました。

いちばんわたしを苦しめたのは父のにおいです。死後四年も経ったいま、家にそのにおいが残っているわけはありません。でも父を強く想った瞬間、わたしの鼻はそれを嗅ぎ取りました。父が近くにいないことをさみしく思いました。わたしはひとりぼっちになったのです。四年前ではなく、死の真相を知ったその瞬間に。

――復讐したい。

そう口に出したとき、電話のむこうの祖母はわたしを宥《なだ》めたりはしませんでした。おそらく、犯人である叔父を野放しにしていたことについての後ろめたさや後悔があったのでしょう。ダイアリーは使いたいように使いなさい、そう言っただけでした」

ぱたん。

彼女は本を閉じ、テーブルに置いた。

「昨日、父の殺害に関与した四人の情報とともに祖母から受け取った魔法の本にはページのあいだに父の書いた手紙が挟まっていました。ありふれた内容のものです。いかにも父が娘に書きそうなことばかり。いつまでも見守ってるだとか、長生きしてくれだとか。魔法の本については『これを使って世に貢献してくれ』とだけ」

「でもカレンにそのつもりはないんでしょ」

「ええ、まあ」

彼女は言った。

「わたしには父や祖父がやっていたみたいに、この本を世のひとのために役立てるつもりはありません。ただただ個人的な復讐のためだけに使いたいのです」

カレンはダイアリーをテーブルに置き、グラスの水を飲んだ。

それから小さな欠伸をし、体を捻《ひね》った。目を合わせてはくれなかった。

「七月二日。一年のまんなかの日。わたしはその日のことをおぼえてはいません。でも、その日付をわすれることはないでしょう」

5　カレンのおじいちゃんの注意書き

1　ダイアリーは家で厳重保管すること。
略奪が横行する街に持ち出して無為に失うにはあまりにも貴重な代物。

2　記録をとること。
いつだれにダイアリーへの書き込みを強要されているかわからない。
なにせ我々はわすれたことさえわすれている。
自身の記憶に不自然な空白がないかを確かめる必要がある。
記録は記憶の欠落を補完する。

3　この本の存在を吹聴しないこと。紛失したら身近な人間も含め疑うこと。
特にダイアリーの効用を知る人間には注意せよ。

不都合な事実を含めて、多くの重大な事項をすでにわすれさせられている可能性がある。

6　クリニック

かつてカレンの父親が経営していたメンタルクリニックは有名で、うちの母親も患者として通院したことがある。

「精神的なトラウマや記憶に悩まされる人々のちからになることをこそ祖父や父は望んでいました。とはいえクリニックを訪れた人にだれかれかまわずダイアリーを使わせていたわけではありません。診断の上できちんと利用者を選んでいました。中には厄介なのもいて、個人的に不都合な記憶を消してくれだの、連れから特定の記憶を削除してくれだの、無茶苦茶な要望を出されることもあったようです。でもそういうのは、はっきり言って論外でした」

世間に知られていたのはそこでの夢治療。

診察し、麻酔で眠らせ、目覚めたときに当該記憶が消えている。

どうやらそのマジックの正体は魔法の本だったようだ。

麻酔前に患者にダイアリーに書き込ませ、眠った後に閉じていたのだろう。

「睡眠は記憶を処理するのに効果的な状態なのです」

カレンは言った。

「記憶が削られてもほとんど混乱しません。もちろん起きながらにしてわすれることもできますが、やはり少々の違和感はつきまとうようです」

「夢治療だなんて、どんな先進技術を使っていたんだろうと疑問に思う人はたくさんいたと思う。実際、患者だったうちの母親さえ魔法の本のことは知らなかったし」

「ダイアリーの存在は特秘です。利用者には忘却したい日付の他に当日の日付も記させていました。彼らはどうやってわすれたかさえわすれたのです。父はそのようにダイアリーの秘密、魔法の本の存在が漏れることがないようにしていましたが、身内に裏切られてはどうしようもありません。祖父がダイアリーを運用するにあたり、魔法の本の効用を知る身近な人間に気をつけるよう盛んに注意喚起していたのはおそらく叔父の裏切りの可能性を考えていたからでしょう」

彼女はため息をついた。

「悪党ども、特に弟からの脅迫を受け、危険を感じた父はクリニックを休業し、ダイアリーを祖母に託しました。いくら弟でも祖母は襲わないだろうと踏んでいたようです。でもそれはあまりに甘い考えでした。父の弟たちは祖母の住む実家さえも襲撃しました。先に説明した通り、祖母は間一髪のところで難を逃れたわけですが」

自分の利益を求めるためになら実の親をも襲う人間がいる。

私たちが暮らすのはそういう国。

「悪党どもはいまのところ、祖母の実家を再襲撃はしていません。おそらくはダイアリーへの興味が薄れたのだと思います。魔法の本は実用性が有りそうで無いものなのです。書いた本人の記憶を消せる装置というのは祖父や父のような生業《なりわい》を持つ人間にしか有効な用途がないかもしれない。彼らもそれに気付いたのでしょう。ですが再び実家を襲われる可能性がゼロじゃない以上、祖母はまだ家に帰れないのです。わたしがあの悪党どもと決着をつけたいもうひとつの理由です。それから『魔法のペン』を取り戻すことについても」

魔法のペン。書かれた文字を消せるペン。記憶を蘇らせるガジェット。

「でも、素朴な疑問なんだけど、そもそもまだペンを持ってるのかな。だってそれだけ単体で持ってても使い途《みち》はないんでしょ？」

「さあどうでしょう」カレンは言った。「だれかが持ってることを願うだけです。なかったらなかったで諦めるしかありません」

「もしペンを取り戻せたとして」私は言った。「カレンは四年前の七月二日のことを思い出したいと思う？」

彼女はその質問についてすこしのあいだ考えた。

「わかりません。その日を知りたくないような気もするし、知りたいような気もする。父と過ごした最後の日ですから。まあいいのです。そんなことは。取り返したあとで考えれば」

思い出したいような、出したくないような日。カレンが迷う気持ちもわかる。

私にだって、わすれたいような、わすれたくないような日がある。

「標的たちを殺しまでするつもりはありません。葬りたい気持ちはやまやまですが、それが倫理に反するということが理解できる程度にはまともです。ですから痛めつける程度でやめます。あなたに協力してもらうにはそれが条件のようですし」

「そのとおり」

「生かしてはおきますが、やりかえしてこないようにダイアリーを使って記憶を奪う。それで決着です。わたしが最後の一撃を見舞って復讐の連鎖は終わり。勝ち逃げですよ」

7　たびのはじまり

九月三十日。木曜日。

私とカレンは電話で旅のスケジュールを打ち合わせた。

結果、出発は明後日ということになった。

期間はだいたい十日から二週間くらいになる、と彼女は言った。

電話を終えると、私は世話係に半月くらい友人と旅行に出かけると報告した。

「それにしても、だいじょうぶなのでしょうか」

世話係は言った。

「明日から始まる学校もそうですが、このご時世、女の子が二人旅をするのはいかがなものかと」

「私は大丈夫。いえ、私だから大丈夫」

「それはそうかもしれませんが」

「心配しないで。ちゃんと戻ってくるって」

部屋を片付けながら、いったいどうしてカレンのちからになろうと思ったのかを考えた。

あんなに銃を握るのはいやだったはずなのに、なんでいまさら。

自分でも自分の気持ちがよくわからなかった。


十月一日。金曜日。

私たちは学校をずる休みし、まちに出て出発前の最後の一日を楽しんだ。景気付けみたいなもの。

買い物に飽きるとカフェに入り、カレンはフルーツタルトを、私はパフェを食べた。

その様子は、どこにでもある女の子の日常にちがいなかった。

はやりの店で、丸テーブルひとつはさんで美少女たちがスイーツを食べる姿はかなり画《え》になっていたと思う。自分で言うのもあれだけど。

私たちは暗くなる前に帰途についた。

寝る前、私は両親が死んだリビングのピアノの前に立った。

スツールに、今は亡き母の姿を見出そうとした。

蓋を開いて、いくつかの鍵盤の表面を撫でた。

結局、弾くことのないままに蓋を閉めた。


十月二日。土曜日。旅立ちの朝。

目覚めるとカーテンの隙間から朝陽が差し込んでいた。

ぼんやり天井を見つめながら憂鬱な気分に襲われた。小さなころから土曜日がきらいだった。まわりのともだちが遊んでいる時間、私は射撃場で銃の練習をしていた。イヤーマフで塞がれていた時間の孤独はだれにもわかってはもらえない。

着替えなきゃ、と私は思った。

もうすぐカレンが迎えにくる。復讐の旅が始まる。

お気に入りの黒いリュックに最低限の衣類を詰める。洋服はワンピースを二着だけ。タイトなやつじゃなくて、だぼだぼの動きやすいやつ。サイドには大きなスリットが付いてる。これならインナーベルトに差す銃を取り出しやすい。色はブラックとダークグレー。洗濯しながら着回せばいい。なんなら途中で買い足しても。靴は撥水仕様のブーツ。きのう買った。天候が荒れてもしのげるように。帽子はつばの広いハット。色はベージュ、あるいはカーキ。どちらを持っていこうかな。

そうやってコーディネートしたものを身につけて鏡の前に立つと、なんだか見習いの魔女みたいになった。かわいらしいけど、おさない。これはこれで嫌いじゃないけれど。

おしゃれは私の人生の数少ない楽しみのひとつだった。

自分を着飾っているあいだは自分が自分であることをわすれられる。かわいらしい少女でいられることをうれしく思う。もしも有名でなかったら、鏡の中にいるこんなにもあどけない顔の少女が銃で何人も殺したなんて、たぶんだれも信じない。私だって信じない。

結局、バイクでの移動だとハットは邪魔かなと思い、かわりに白いカチューシャをつけた。


カレンは十時にやってきた。

彼女の愛車『ハリケーン』の音が聞こえた。けものみたいな唸りだった。

ドアを開けるとバイクに跨がった彼女がいた。

私たちはふたりしてバイクでの移動に、ましては復讐に、適した格好をしていなかった。

私はルーズなワンピース。

カレンはショートパンツに、ぶかぶかのドレッシーなポンチョ。色はアイボリー。

「変な格好」

「リリイだって」

「お互い気に入った服じゃないと旅はできないみたいだね」

「いかにも」

彼女は私と違って、すごく大きなショルダーバッグを背負っていた。

「荷物多過ぎない？　私の座るスペースがないじゃん」

「リリイがこれを背負えばいいのです」カレンはぽんぽんとバッグを叩きながら言った。

「私はもうリュックを背負ってる」

「不思議なことに」とカレン。「人間のからだはリュックを背負っていてもショルダーバッグも背負えるようにできています」

彼女のショルダーバッグは重かった。ジッパーを開いてみたら、中には衣類や化粧品や寝袋、ガムテープや手錠、ブリーフケースが詰まっていた。ぎゅうぎゅうだった。

私はしぶしぶそれを肩から掛けてカレンの後ろに乗った。

「お嬢様育ちのくせにずいぶんいかついバイクに乗ってるね」

「ギャップです」カレンは言った。「異性にもてるひけつですよ」

「カレンが異性を気にしているとは思わなかった」

「リリイはもうすこし気にするべきです」とカレン。「顔や服装がかわいいのにもてない原因はそこですよ」

「ほっといて」私は言った。「やわな男はきらいなの」

そうして旅はスタートした。


緩やかな斜面をハリケーンは下っていった。ショルダーバッグにからだを持っていかれないよう左手で押さえるのに必死だった。木洩れ日が道の先に光のまだら模様を作っていた。途中、何枚かの落ち葉が頬を掠めた。

ハリケーンの唸りのせいでカレンとの会話はままならなかった。そもそも彼女はイヤホンで音楽を聴きながら運転していた。はなから会話を楽しむ気はないみたいだった。

*

旅が始まって一時間くらい経ったころにわかったのは、バイクの後部座席に乗るというのはそんなにいいもんじゃないんだな、ということ。

風を切って走るのは心地よいけど、体勢はきゅうくつだし荷物は重い。肩がいたい。

そりゃ運転するカレンは楽しいかもしれない。でも私はたいくつだった。からだが疲れていると美しい風景もこころに響いてこない。きょうがやってくるまで、旅というのはこころの解放を期待できるものだと思っていた。でもいまは、からだの解放だけを願ってる。はやく腰を伸ばしたい、肩をほぐしたい。


出発から二時間後、崖に面した小さなパーキングエリアに立ち寄った。ハリケーンが停車するや否や、私はリュックやショルダーバッグを地面に放り落とした。それからぐるぐる腕を回し、首を鳴らした。

「あまり荷物をらんぼうに扱わないでくださいよ」カレンは言った。「中のものが壊れちゃう」

「どれだけ重いか知らないからそんなことが言えるの」

「そんなに重いですか」

「そりゃもう。血液の循環が滞るんじゃないかってくらい」

「そうですか」

彼女は私に同情しなかった。

自分が運転しているのだからそっちが荷物を持つのは当たり前とでも言いたげな雰囲気だった。

バイクを降りるとすたすたトイレへ消えた。

こういうドライな振る舞いは彼女らしいといえば彼女らしい。

売店でホットドッグとミネラルウォーターを買い、崖際のベンチに座って昼食をとった。

「きょうはあとどのくらい走る？」

「国の西の涯てまでいきます。そこに第一の標的がいます。たぶん、到着は夕方くらいになるんじゃないでしょうか」

「あと四、五時間も移動？」

「かもしれません」

私は首を振った。あと四、五時間だって。耐えられるだろうか。

「最初のターゲットは教会にいます。表面的には普通の宗教家ですが、その実態は腐りきったもの」

カレンはケチャップのついた手で私に写真を見せた。

「四年前、私の父を殺した悪党のひとりです。年齢は四十代半ば。現在は胡散くさい真理を説いて信心をもつ人々から金を巻き上げてるとか。教会の権威の元に地域の店から布施を徴収していると」

「悪徳宗教家」

「まあそんなとこです。まずはこの男から。拷問にかけて父から奪った財産を奪い返します。これは小物です。予行練習だと思ってください。叩いて、殴って、奪うだけです」

「過剰な暴力は反対」

「リリイ・ザ・フラッシャーとは思えない発言ですね」

「実は優しい子なの、私って」

リュックからカメラを取り出して、崖の下の景色を撮った。

赤い色の屋根はミニチュアみたい。

腸みたいにうねった道を小さな車が進む様子はレトロ・ゲームを思わせた。

「カメラ、いいのを使ってますね。シャッター音がちがう」

「銃の代わりにカメラを持てというのが母のすすめだったの。狙いを定めて人差し指を動かす、決定的な瞬間を見逃さない。わりと早撃ちに似てるからって」

「そんなに似てませんけどね」

「私は銃よりカメラのほうが好き。もともとは平和主義だから」

「そもそも」カレンは言った。「どうして銃を握ろうと？」

「父の影響。きびしい家庭だったの」

「それは知ってます。でも頑固なリリイなら自分が納得しないことは受け入れなかったはず」

「きっかけを知りたい？」

「パートナーですから、過去を知りたいという気持ちはあります。もちろん無理強いはしませんが」

「べつにいいよ。昔の話だし」

「……やっぱり、直接の転機は妹の死ですか？」

もともと私はふつうの女の子だった。

学校で真面目に学び、家ではピアノを弾いた。

善き母と父の愛を受けた。家庭は裕福で、幸せに満ちていた。

小学二年のとき、妹ができた。

かわいくてしかたなかった。ベビーベッドですやすや眠る姿はまるでぬいぐるみ。手はパンみたいにふっくらで、指でつつけば肌がへこんだ。私は妹を眺めているだけでしあわせだった。

「授業参観の日のこと。父と母は妹が泣いたら困るからと家に呼んだシッターに預けて学校に来た。授業はたしか算数だった。私は手を挙げて発言した、親は喜んでくれた。模範的な生徒になれてたと思う。帰りの車ではふたりともうれしそうだった」

あの日を思い出すのはつらくない。

これまでに記憶をなぞりすぎたせいで、もうかなしみの感覚はまひしてしまった。

「家に到着した瞬間、全員が蒼ざめた」私は言った。「西面の窓の前に大きな工具、地面には切断された鉄格子。もちろんガラスは破られていた」

「……留守を狙われたんですね」

「母は父の制止を振り切って玄関に駆けて行った。そしてノブに手をかけた瞬間、言ったの。ロックが開いてる、って。つまりそれは、もう悪党たちが出て行ったあとってこと。動揺した母は奇妙な声を漏らし続けてた」

あのときの母の表情はわすれられない。ばたばた家に入っていったはずなのに、思い出す光景の中でそのシーンだけはいつも静か。

「家に上がった私たちがリビングでなにを目にしたと思う？」

「……」

「シッターの死体と、ぼろ人形みたいに床に転がった妹の姿」

「……あんまりです」

「そういう世界だよ」私は言った。「ここは暴力の国。奪うためになら手段を選ばない。シッターに顔を見られたら殺すし、赤子が泣きやまなければ殺す。金が盗めればなんだっていいの」


母は泣き叫んだ。

私も泣いた。

妹の近くに行きたかった。でも行けなかった。

動かなくなった妹を間近で見たら、自分がおかしくなってしまうような気がした。


「その日のことがきっかけ。私はずっと拒んでいた父親からの銃の指導を受けるようになった。二度とこんなつらい思いはかんべん。妹の死体を眺めながら、もう決して泣くもんかって思ったの。私が強くならなきゃいつか親を悲しませてしまうかもしれない。母親の叫びを聞くのは耐えられなかった」

でも結局はもう一度だけ泣いた。母が叫び、父とともに死んだあの日に。

「あなたのお母さんがうちのクリニックに来たのは知っていましたが、わすれたのはその日の光景だったのですね」

「たぶんそう。こころを病んだ母親を救うために父が行かせたんじゃないかな。母はだめになりかけてたから」

「どうしてリリイは一緒に来なかったのですか」

「私はむしろあの日の光景を記憶に留めておきたかったの。自分の銃の腕を鍛えるためにも悔しさとかなしみは必要なものだと思えたから。わすれたところで妹は戻ってはこないしね」

かしゃん。

シャッターの音は乾いていた。手元で鳴って、直後には遠くに行った。


山を下り終えるとハリケーンは平原を走った。

陽は真上から降り注ぎ、道を挟む草むらの葉は輝いていた。

どこまでも続く道を見つめていると、自分はいま旅をしているのだと改めて思い知らされる。

故郷はもうはるかうしろ。ずいぶん遠くに来てしまった。

たいくつに耐えかねた私は歌をうたった。

母と一緒にピアノの練習をした童謡。風の中で大きな声を出すのは心地いい。

恥ずかしくはなかった。だれに聞かれる心配もない。

「リリイ、うるさいんですけど」カレンが言った。「それに歌、へたですね」

彼女のよく通る声はハリケーンのうなりにかき消されなかった。

「ひまなの」私は言った。「だれかさんがイヤホンで耳を塞いで話し相手になってくれないから」

「運転中に口を開けてると虫が入るんです。余計なことは話せません」

「カレンもいっしょにうたってくれたらいいのに」

「ばか言わないでください」

「ほら、いっしょにうたおうよ。はい、せーの」

「うたいません」

結局、私はひとりでうたい続けた。

カレンは音楽の音量を上げて、私の声をシャットアウトした。

イヤホンからの音漏れが大きくなればなるほど、私はわざと彼女の耳元で大きな声を出した。

＊

第一のターゲットのいるまちは、国の西端のへそみたいにへこんだ場所にあった。

「赤い屋根のまち」とよばれるその地域は、通称通り、家の屋根がぜんぶ赤かった。どの家のバルコニーの手すりからも白い花が植えられたプランターが下がっていて、玄関の脇には黄色い旗が立てられている。美食の地としても知られており、有名なレストランがたくさんあるらしい。もっとも、私たちが入ることはできないと思う。お金があっても武器を持っていたらセキュリティで引っかかる。ドレスコード的にもきっと無理。

「なんだかこの一帯は奇妙な感じがしますね」街並みを見ながらカレンは言った。「まちの美しくも不気味な雰囲気は、おそらくは地域を牛耳る教会のせいなのでしょう」

「カラーがチューリップみたい」と私は言った。「赤、白、黄色がそろってる」

「それを言うならワインじゃないですか」

「ワインには赤と白しかない」

「あれは白と呼ばれてはいますが」カレンは言った。「わたしにはたまに黄色にも見えます」

個性的な意見だね、と私は言った。


教会はまちの中心にあった。私たちは外れにある公園にハリケーンを停め、そこから歩いて教会に向かった。狭い路地にはいいにおいがした。

「おなかすいたね」と私は言った。

「さっき食べたばかりじゃないですか」

「さっきって、もう四時間も前だけど」

「じゃあ、一件目の復讐を遂げたら美味しいものでも食べましょうか」カレンは言った。「旅のお金には困りません。これからがっぽり奪い返しますから」

「そもそもどうしてお金取り返すの？　いまでもお金には困ってないでしょ？」

「もちろんわたしは要りません。でもやつらが父の金でいい暮らしをするのは嫌なのです。それにお金の奪還は副次的なこと。痛い目に遭わせることこそがわたしの望み。あと魔法のペンですね」

「魔法のペン」私は言った。「カレンのおばあちゃんのたからもの」

「祖父と祖母はとてもロマンチックな関係だったみたいです」

「ロマンチック？」

「ええ。とても」

彼女は歩きながら奪われた家宝にまつわるエピソードを説明した。

「祖母には大昔、悪漢に辱められた過去があったようで、そのつらい記憶を引きずりながら生きていました。結婚後もその過去ゆえ、祖父に対して後ろめたさがあったようです。でも祖父は優しいひとだったので、祖母とともにその事実をわすれることを受け入れたと言います。ふたりして忌まわしい記憶を魔法の本で消すことにしたみたいです。そして祖父はわすれ終わったあと、祖母に魔法のペンを預けました。自分がそれを使って過去を蘇らせることはないと意志表明したわけです。祖父の行動に祖母が救われたことは言うまでもありません。つらい過去はダイアリーの一ページのなかに消えたわけです」

「すてきな話」私は言った。ただしい魔法の本の使い方だと思った。

「だから祖母はあのペンを持っていたいのです。たとえ使うことがないとわかっていても」

「でもなんでカレンがそんなことを知ってるの？　当事者たちがわすれているはずの話を」

「祖母は書き込んだふりをしただけだったのです。なのでまだわすれてはいません。祖父の優しさに救われたので過去はどうでもよくなったと言っていました。つらい過去をわすれるよりむしろ、祖父が自分のためになにをしてくれたかをおぼえておきたかった、と」

「すてきな話」私はもう一度言った。「どうして孫にはそのロマンチックさが遺伝してないかな」

「大きなお世話です」


煙突からバターとミルクの香りが吐き出されていた。なにをつくっているんだろう。おなかがきゅるきゅる鳴った。あたたかいものが食べたかった。

カレンはその後、歩きながら、ダイアリーと前体制の関係の可能性について話をしていた。いくつか興味深い話もあったけれど、大半は聞き流した。私は晩ごはんのことだけを考えていた。


橋に差し掛かったところで彼女は赤い屋根の連なりのむこうを指差した。

「ほら、見えてきましたよ。あれが教会です」

塔の先端は曇り空に向かってまっすぐ伸びていた。

「いよいよですね。リリイには武器を預けておきます」

カレンは私に空気砲を握らせた。見た目は普通の銃と同じだった。

「弾のリロードが不要なぶん、すばやくたくさん撃てますよ」

私の手のひらはその重みを感じていた。グリップの感触は銃そのもの。

「ふしぎなもんだよね」私は言った。「もうこういうの触りたくないと思ってたのに、いったいどうしてまた手にしようと思ったんだろう」

「わたしのためにでしょう?」

「それはある。でもそれだけじゃない気もしてる」

「だったら残りは自分のためのはずです」カレンは言った。「きっとリリイはあの日と決別したいのです」

「そうかな」私は言った。そういうものなのだろうか。

あの日。両親が死んだ日。私が銃を握れなくなるきっかけがあった日。

「一発ぶっ放してみればわかりますよ。銃を撃つってどういうことだったか」

「ここで?」

「だれも銃声なんか気にしません。珍しいものじゃないですから」

「それはそうかもしれないけど……」

「ほら。はやく」

私は構え、空に銃口を向けた。灰色の雲ばかりだった。銃弾が雲に穴を開けて陽がこぼれればいいと思った。でもそんなことは起きないってわかる程度には知性もあった。

ばん。

まわりの樹から一斉に鳥が飛び立った。

久しぶりの感触に驚いた。そして驚いた私を見てカレンは笑った。

「ね。なんてことないでしょ?」

耳鳴りが響いていた。最初は強く、徐々に弱く。

時間の経過とともに空気砲は手に馴染んだ。

かつて私の手のひらが求めたものが、いままさに、手に収まっているのだと感じられた。

「そうだね」私は言った。「なんてことないね」

「復讐のはじまりです」彼女は言った。「目にもの見せてやりましょう」

＊

高さ三メートル近くある扉はひどく重かった。

カレンと私はふたりがかりでそれを押した。

開いた瞬間に耳に入ってきたのはパイプオルガンの聖なる騒音だった。

祭壇付近には標的たる宗教家がいた。

音楽が止むまでは話にならなそうなので、私とカレンは長椅子の端に腰掛けて待った。

パイプオルガンが鳴り止むと、ステッキを持った宗教家が私たちのもとへやってきた。

「あなた方も見えざるものの存在を信じておられるのかな」

指には高そうな金色の指輪が嵌められていた。

「見えないものなんて信じません」カレンは言った。「見えるものだって信じられないのに」

「信仰心はお持ちでない?」

「持ってるわけありません。ぴかぴかな靴さえ持ってないわたしたちがそんな立派なものを持っていると思いますか？」

カレンは自分の右足を上げてスニーカーを見せた。紐はきっちり右五センチ、左三センチの余りを残して彼女的に整ったかたちに結ばれていた。

「靴とは違いますな。信仰心を持つのにお金は要らない」

「たしかに靴とは違いますね。靴を持ってても布施を払う必要はないですもの」

その言葉を聞いて宗教家はむっとした表情を隠さなかった。

「ずいぶん立派な指輪ですね。ここでは倹約という概念の重要さを説いてないのでしょうか」

「倹約という概念は相対的なもの」宗教家は手を後ろに回しながら言った。「価値観はその時代によって変わる。なにが倹約でなにが贅沢かを語り始める覚悟があなたにはおありかな？」

「真面目に答えなくていいんですよ」カレンは言い、笑った。「知りたいわけでもないので」

「そのように人を小馬鹿にした受け答えをしていてはいつか痛い目を見るぞ」

「痛い目を見ずに済む人間はいないと思いますが」

「自身の業《ごう》や罪にふさわしい報いという意味でだ。いずれしっぺがえしを喰らう」

「そのとおり。あなたはいま、まさにこれからしっぺがえしを喰らうのです」

「……なにを言ってる？」

「自分の罪と向き合う日が来たようですね」

「……意味がわからんな」

「リリイ」カレンが合図した。

私はその男に空気砲を向けた。「奥の住居に案内して。拒否すればからだに穴があく」

男はこちらを睨んだ。私は彼の手の動きを見ていた。

「カレン。そのステッキを取り上げて。たぶん、銃か刃物が仕込んであると思うから」

ばん。

私は高い天井に向けて銃を撃った。牽制のための威嚇射撃。上からぱらぱら木片が落ちてきた。

「リリイの言う通りのようです」ステッキを取り上げたカレンが言った。「先端に仕込分銅。これで殴ったらさぞかし痛いでしょう」

そしてカレンはその先端で男の脛を思い切り叩いた。彼は悲鳴とともに床に崩れた。

「わあいたそう」カレンは言った。「でもつらいのはここからですよ」

「……なんなんだおまえたちは。……強盗か？」

「強盗はそっちでしょう。四年前の七月二日のことをわすれてしまったんですか？」

カレンは男に一歩、二歩近づき、言った。

「わたしの顔、わすれてしまいましたか？」

それから、今度はステッキで顔を叩いた。


それが第一の復讐のはじまりだった。

＊

晩ごはんは結局モーテルのルームサービスをとった。

有名店はやっぱり服装で門前払いにされた。ドレスを持ってくればよかった。

部屋に運ばれてきたカレーはひどい味だった。半分も食べずに残した。

復讐を終えたカレンは、私とは対照的に、満足そうな笑みを浮かべていた。

「ね、言った通りでしょ」彼女は言った。「あっけないものです」

「聞いていた話とちがう」私は言った。「あなたは暴力を振るいすぎる」

「必要なことです。父のかたきなのですから」

「だとしても。カレンは感情に振り回されすぎてる。復讐したいという気持ちを理解しないわけじゃないけど、もう少し考えて立ち回って。いずれ危ない目に遭うよ」

「国でいちばんの少女とは思えない弱気な発言ですね」

「何事も慎重にいきたいの。それに服が汚れるのもいや」

ブーツには男の血が付いていた。黒だから目立たないのが救いだけど、拭う作業はおっくう。

「いずれにせよ、今回の計画についてはさほど心配してません」カレンは言った。「わたしにはダイアリーがあり、そして隣にはリリイがいる。なにを恐れることがありましょう」

「仇《かたき》を討ちたいのはわかる。でもやられてやり返していたら報復の連鎖がどこまでも続いてしまう」

「続きませんよ。あの男はきょうなにがあったのかをおぼえてないんですから。最後の一撃を加える側になったのはわたしのほうです。それが『勝ち』なんです。魔法の本があれば勝ち逃げできます」

「復讐できてうれしいの？」

「うれしいということはありません。うれしくないこともないですが」

「ならどうしてこんなことを続けようって思うの？」

「さあなぜでしょう」

彼女は窓を開け、宗教家の男から奪った金色の指輪を投げた。モーテルの外には川があるはずだったが、落ちる音は聞こえなかった。無理もない。指輪はあんなにも小さい。

「ひとがなぜ生きるかについて考えてみたことはありますか？」

カレンは窓の外を見ながら問いかけてきた。

「ない」と私は言った。

「わたしはあります。そして結論は出ました。人間は、死にたくはないから生きているのです」

「カレンがどう考えるかは自由だけど」私は言った。「詭弁に聞こえる」

「いいえ詭弁ではありません。死にたくないから生きているのです。わたしは大きな声で言えます」

「わかったって。で、それがなによ」

「わたしが復讐する理由も似たようなもの」

カレンは言った。

「復讐せずにいるのがいやだから復讐する。理にかなった動機だと思いませんか？」

8　きろくときおく

朝起きると、早々に荷物をまとめて外に出た。
東の山向こうに昇った陽が谷間から私たちを差していた。
圧倒的な光線に私は目を細めた。眩しすぎて、まぶたを上げていられなかった。

ハリケーンは風を切って山道を走った。
オフロードではバイクは上下にがたがたと揺れた。
カレンはそうでもないみたいだったけど、後輪の真上にいた私にはきつかった。
バイクでも酔うことってあるんだ、と思った。
途中、二回ほど停車してもらい、草むらに吐いた。
あさ食べたまずいベーコンや卵が混じり合ったものが口から出た。
そのグロテスクな様子を見て、私はさらに吐いた。スパイラル、と思った。

中継のまちに到着すると、私たちは小綺麗な外観のカフェに入った。

木製什器で統一された店内はそれなりに清潔だった。コーヒーのよい香りがした。各テーブルの上にはおみくじを引ける小さなボックスがあった。となりには小銭を入れるための箱が置かれていた。鍵のついていない箱だった。

店の奥から出てきたのは十二歳くらいの女の子。ベージュのセーターに赤いロングスカートという身なりで、頬にはそばかす。ツインテールの髪はつやつやだった。

「ご注文はお決まりですか？」

「なにがおすすめ？」カレンがその少女に訊いた。

「コーヒーかな」

「ここで働いてるのですか？」

「そ。ご注文は？」

「キャンディ、食べる？」

「きんむちゅうだから大丈夫。で、ご注文は？」

少女の背は低かった。立っていても座っている私たちと頭の高さがほとんど変わらない。

「ホットコーヒー」と私は言った。「あとサンドウィッチ。レタス抜きで」

「コーヒー、サンドのレタス抜き」

少女は手元のメモ帳に注文をおおざっぱに書き留めた。「で、そちらは？」

「スパゲッティはありますか？」

「スパゲッティはない。でもグラタンならある」

「グラタン?」カレンは言った。「スパゲッティとグラタンはぜんぜん違いますよね」

「ぜんぜん違う」少女は言った。「で、ご注文は?」

「ドリアは?」

「ドリアはない。でもグラタンならある」

「マカロニグラタンは?」

「マカロニグラタンはない。でもマカロニの入っていないグラタンならある」

「じゃグラタン」

「はい」少女はそう言ってまたメモをとった。「結局、グラタンね」

「綺麗な髪ですね」カレンは言った。「いいシャンプー使ってるでしょう」

「そう? よく言われる」

「ツインテールもよく似合ってます」

「それも言われる」

「ハリケーンのハンドルみたいです」

「え? なに?」

「気にしなくていいの」私が言ってあげた。「このおねえさん、ちょっとおかしなひとだから」

食事が運ばれてくるまでのあいだ、カレンは私に写真を見せた。

「これが次の標的です」

写真の中央に写された女性は白いナース服を着ていた。

腕には問診票と思しきファイルを抱えていた。病院の廊下で撮った写真のようだった。

「看護師？」

「そのようです」

年齢は二十代半ばに見えた。仕事柄か、化粧は薄めだった。顔はきれい。でも私ほどじゃない。

「ほんとうに彼女？」

残酷なことをするような人間には見えなかった。それにカレンの父の財産を奪ったのなら看護師の仕事で稼ぐ必要もないはず。

「彼女です。間違いありません」カレンは言った。「病院で働いているのはおそらく罪滅ぼしのためといったところでしょうか。あの後、更生したようです」

「更生したのに痛めつけるの？」

「もちろん。こころを入れ替えたからといって過去の罪が洗い流されることはありません。それに彼女は奪った父のお金を戻したわけでもないのです」

「ならお金だけ返してもらうのは？」

「奪ったお金を返してぜんぶオッケーということもありません。父の命は彼女がなにをしたところで戻ってはきませんから」

カレンの執着心は相当なものだった。

「つぎの目的地はもちろん病院、標的の勤務先です」

「了解」

それから私たちはダイアリーをまもるためのルールについて確認した。

復讐のターゲットの中にはダイアリーの効用を知っているものが存在する。

父が命に代えてまもったダイアリーを奪われることだけは避けなければ、と彼女は言った。

「リリイがとなりにいれば不要な心配とは思いますが、万が一ということもありますので」

「いい心掛けだと思う。できるだけ銃は使わないつもりだしね」私は言った。「だけど、そもそもどうして四年前、悪党たちはダイアリーを狙ったんだろう」

「魔法の本だからでしょう」

「それはわかる。でもお金は暴力で奪えるし、口は死で封じられる。だったら悪党がダイアリーを欲する理由が見当たらないような気がして」

「知りませんよ。価値あるものは奪われるのです。疑問に思うまでもありません」

「かもしれないけど」と私は言った。

カレンはバッグから小型のアルミ製ブリーフケースふたつを取り出しテーブルの上に置いた。

出発前に出入りの店で調達したものだという。

「事前に準備が必要です」

彼女はルールを確認した。

もしどちらかが捕まり、あるいは不利な状況に立たされ、ダイアリーを渡すように言われてもぜったいに渡さないこと。身が危うくなった時点でダイアリーはケースの中にしまいロックをかけること。もちろん暗証番号を吐いてもいけない。目的はケースを開けさせないことではなく、ダイアリーを奪われないこと。

「ケースごと持ち去られたら？」

「このケースにはそれを想定した加工を施しています。とある動作をすると取手に電流が流れますし、無理にこじ開けようとすると中に仕込んだ火薬が爆発します。凝った細工です」

「万が一持ち去られても彼らは暗証番号を知らない限りダイアリーを使えない、と」

「そのとおり。なぜならわたしたちは決して暗証番号を吐かないからです」

「でも、どうしてふたつケースが必要なの？」

「それが相手を欺くためのポイントですよ」

やがて私のコーヒーとサンドウィッチ、カレンのグラタンが運ばれてきた。

「あれ、わたしのぶんのコーヒーは？」カレンが言った。

「頼んでなかったたじゃない」ツインテールの少女は言った。

「頼んでなかったよ」私も言った。

カレンはふてくされた顔をした。

店員の少女はものすごく面倒くさそうに首を傾けていた。目はとろんとしていた。手に握られたボールペンは何度もノックされて、かちかち音を立てていた。

「どうする？　いまから付け加える？　すぐできるけど」

「どうしたもんでしょうか」カレンは言った。「べつにコーヒーって気分でもないですしね……」

「素直にお願いしなよ」私は言った。

「要らないならもう下がっちゃうけど」

「じゃコーヒー」カレンは言った。

はいはい、と少女は言った。

「結局、コーヒーね」


「どうしてあなたみたいな小さな子が店番をやってるの？」

帰り際、レジでの会計の時、私は店員の少女に訊いた。

「いちいちそんなこと説明しなきゃだめ？」

「話したくないならいいけど」

「パパは入院してて、ママはうえで寝込んでる」

少女はツインテールのみぎがわを肩のうしろに払いながら言った。

「だから店をまもってるの。だれかがはたらかないとつぶれちゃう、お金も入らない。だけどひとりってわけじゃない。いちおう奥にコックはいる。ひょろい男だけど」

「この国でこんなに小さな子が店番は危なくない？」

「そんな心配はしておくれ」彼女は言った。「乗り込んできたチンピラにパパはぼこぼこにされたの。ママはそのショックで寝込んでる」

少女はレジスターのキーを打った。

「お客さんはたまに小さな女の子がひとりで店番なんて危ないっていうけど、はっきり言ってだれが店頭に立ってたって同じなの。パパだってぼろぼろになった。この国に安全なんてないんだよ。それにそういうの考え始めたら接客業なんてできないしね。いまじゃべつに怖いとも思わない。強盗だって無力なこどもが相手なら手加減するでしょ」

「この国の悪党は手加減を知らないよ」

「そんなやつが来たらどこにいようが引きずり出されて殺されるにきまってる。店頭に立ってようが上階にいようが変わんない」

外にいるカレンがハリケーンのエンジンをふかす音が聞こえた。出発の準備ができたみたい。

「ねえ。お父さんがぼろぼろになった日のこととかわすれたいと思う？」

「思わない。どうしてそんなこと訊くの？」

「わすれたいと思ってるのかなと思って」

「そういう考え、ばかみたい」少女は言った。「あの日をわすれられたところでパパの怪我が治るわけでもないのに」

「でもつらい想いは減るかもよ」

「減ってどうすんのよ」

「どうって」

「過去をなくしたら次同じことが起きたときにたいしょできないでしょ」

小さいのにしっかりした子だな、と思った。

「ここへは観光？」彼女は話題を変えた。

「まあそんなとこ」

「物好きなひとたち。ここにはなにもありはしないのに」

「わたしたち、変わり者なの」

レジから釣り銭を出したとき、少女は私に言った。

「あなた『リリイ・ザ・フラッシャー』でしょ」

「まあね」

「実物よりもテレビで見るほうがきれい」

無表情の小さな店員はレシートをトレイに置いた。

「実物もそこまで悪くないでしょ？」

「さあ。あんまり。きれいな女の人とか興味ないの。でも銃の撃ち方は教わりたい」

「どうして」

「こんなごじせいに接客業なんてしてたら教わりたくなるのがふつう」

そうだろうか。そうかもしれない。

「でもごめんね」私は言った。「もう人殺しはしないの。自分の身をまもることと同じくらい、他人を傷つけないこともたいせつ」

「ふうん」少女は言った。「どうでもいいけど」

別れ際、私は彼女にキャンディをあげた。

「飴とかきらい」と小さな店員は言ったが、いちおうは受け取ってくれた。

＊

カフェから出たあと、私たちはまた三時間くらい走った。

数回の休憩を挟んだものの、あまりに疲れたので予定よりも手前のまちで宿を探した。遅れは明日取り返せばいい、それがふたりの意見だった。

宿を見つけるのは難儀なこと。ちいさなまちだとなおさら。

結局、うらぶれたモーテルに行き着いた。お金はたくさんあったけど、ほかにましな選択肢は存在しなかった。案内されたのは倉庫みたいな部屋だった。

慣れとは不思議なもの。カレンも私もお嬢様育ちなのに、旅が始まってから野性味あふれる生活に対しての抵抗感が薄れたみたい。お湯が出て、屋根があって、清潔な布団があればなんだっていいと思えた。

「ああ、疲れました」

カレンはベッドに寝転がり手足を伸ばした。

「わたし、疲れることがきらいなんです。重い荷物を持つのとか、長い距離を歩くのとか、長時間運転するのとか」

「それ、旅にも復讐にも向いてないとは思わなかったの？」

「怒りが自分をわすれさせていたようです」

「みたいだね」

しばらく休んだあと、彼女は自分の手帳を取り出してそこにきょうのことを書き留めた。毎日記録をとるという習慣はほんとうのようだった。

ひととおり書き終えると、ぱらぱらと前のほうをめくり、前日までの記録を辿った。

「よし。きょうもなにもわすれていないようです」と彼女は言った。

「わかんないな、それって意味あるの？」私は言った。

「なにがです？」

「わすれたかわすれてないかなんて記録を振り返らなくったってわかるでしょ。きのうきょうのことなんてなおさら」

「リリイは記憶というものをわかっていないのですね」カレンは言った。「わすれていることさえわすれている可能性は常に存在するのです。現にわたしたち人間のあたまは直近の二十四時間さえすきまなく振り返ることはできないのですから。祖父の残した教えはつまりそういうことについての示唆なのです」

「魔法の本を自分で持ってるのにそんな心配必要？　わたしに奪われるわけでもあるまいし」

「リリイがいつこれを奪って悪用するかもわからないじゃないですか」

「そんな人間に見える？」

「見えません。少なくともいまのところは、ですが」

「いまのところは……」

「ダイアリーが盗まれたらまず身近な人物を疑えと言われています。本の効用を知らなければ盗もうなんて発想にはなりませんから」

カレンがそう考えるのも無理ないことかもしれない。

実際、彼女の父親から魔法の本を奪おうとしたのはその弟だった。

「それにこういうものを持っていると、なにより自分の記憶の不確かさがこわくなるんです。ゆえになんらかの手段で記録をとっておくことが意味を持ちます。記録だけが、自分の記憶が確かであると感じさせてくれる唯一のものなのです」

彼女の言っていることはわかるようでわからなかった。だからしたいようにさせた。

「リリイは記録をとらないんですか」

「えっ」私は言った。「……じゃあ、写真」

それがいちばん楽そうだった。シャッターを切るだけでいい。そんなに頭を使わなくて済む。文章を書くのは好きじゃない。

「写真はどうでしょうか」彼女は言った。「過去の記憶を確かめるのにさして役には立たない気が」

「いいの。へたな文章書いたって、どうせあとで読んでもわけわかんないもの」

私はリュックからカメラを取り出してレンズを自分たちに向けて構えた。

「意味があるとは思えません」

「かもね」私は言った。「でも美少女を記録に残しておくのはわるくない」

「だからわたしも写すのですね」

「あなたはおまけ」

かしゃん。

私たちは写真を撮った。

*

翌日朝にはモーテルを出発した。

途中山を二つ越えた。長い道のりだった。昨日分のつけを支払わされていると感じた。

四度の休憩を挟みながら五時間ほど走った。目的地に到着したのは夕方だった。

たどり着いた病院はその地域では珍しい四階建てだった。

まちにひとつきりの大規模医療施設とあって待合室は混んでいた。

彼らが座る長椅子はぜんぶ南を向いていた。

だれも喋らなかったし、動かなかった。映画館みたいだと思った。

私とカレンは受付を通り過ぎ、二階のナースステーションに行った。

カレンはカウンターを手の甲でこんこんと叩いた。

「エマという看護師さん、いますか？」

「いまは患者さんのところに行ってます」カウンターの一番近くにいたナースがカレンの問いに答えた。

「もうすぐ戻ると思いますのでそこの待ち合いスペースでお待ちください」


十分かそこらで目当ての人物はやってきた。

「私がエマですけど」

線の細い女性だった。かつてカレンの家に押し入り強盗を働いた人間とは思えないくらい。ナース服は彼女が着るには大きすぎるような気がした。肩が余っていたし、裾は長過ぎた。やはり私たちより十歳くらい年上に見えた。黒く太い眉と一重の瞳。日焼けした肌。

「お忙しいところ申し訳ありません」

カレンはすこしも申し訳なくなさそうに言った。

「しかしわたしたちにも時間がないものでして。キャンディ、いります？」

カレンはポシェットから取り出して彼女に見せた。

「いえ結構です」

「ソーダ味とミルク味がありますが」

「それよりなんの用です？」

「おいしいんですけどね」カレンはキャンディを戻した。

エマという女性はカレンに戸惑っているようだった。看護師は助けを求めるべく私のほうを向いたけど、こちらも肩を竦めることしかできなかった。

「これからどこか行きませんか？　ここで話すのもなんですし」

「行きません、仕事中ですから」

「では仕事後はいかがですか？」

「それより用件をはっきりさせてください」

「話は長くなりますので」

看護師は私とカレンを交互に眺めた。品定めするみたいに。

「お断りします。目的を明かさない方とお話しする気はありません」

彼女はステーションに戻っていった。

私たちはその後一時間くらい病院内に留まった。

ナースコールが押されるたびに病室へと駆けていくエマの姿を追った。

彼女はこの病院で献身的に働いているようだった。

「あれが標的？」

彼女の仕事ぶりを覗き見ながら私はカレンに訊いた。

「ええ。間違いありません。至近距離で顔を確認するためにここにやってきたわけですが、たしかに写真と同一人物、父のかたきです」

「そんなに悪い人には見えないけど」

「悪人が悪人の格好をしていると思いますか？」

エマは患者のチューブを直し、微笑みかけ、布団を掛け、額の汗を拭ってあげていた。

「……どうかな。私はあのひとを痛めつけるのはちょっと違うと思う」

「どこがどう違うんです？」

「だっていまはちゃんと働いてる。改心して世に貢献してる」

「リリイ」カレンはため息をついた。「何回同じことを言うんですか」

「でも、あのひとが酷い目に遭うのは見たくない」

「ばかいわないでください。リリイはそういうとこが甘いんですよ」

「カレン……」

「ひとの親を殺しておいていまさら改心もないでしょう。目にもの見せてやりますよ」

カレンはすたすた歩いて行ってしまった。彼女は熱くなるといつもこう。

目にもの見せてやりますよ、だって。最近のお気に入りフレーズみたい。

＊

病院の駐車場前の芝生で私は仰向けになっていた。

職員通用口の見張りは交互に受け持った。いまはカレンのターン。

「ひまだね」私は言った。

「ひまですね」

カレンは靴紐を解いたり結んだりしていた。

彼女は時間があればいつもそれをやっている。彼女的にぴったりの長さに結ぶのが趣味らしい。

「なにかを待つって苦手」私は言った。

陽は傾いていた。西の空は朱くただれていた。

「そもそも世界は退屈なものです」カレンは言った。「人生がひまでないとでも思ってましたか」

「目標のある人生は早く流れるってうちの母親は言ってた」

「それはひまな時間をわすれている状態だからです。人生とは基本的にはひまなのです。わたしたちは退屈から逃れようとあれやこれやをやります。興味深いことに」

「カレンには将来の夢とか目標はないの？」

「復讐を果たすってことくらいです。いまは」

「ほかは？」

「ないです。だから復讐が終わったらひまになってしまいますね。困ったことです。リリイは？」

「うーん……ピアノの先生かな」

「銃の腕を活かさないのですか」

「どうやって活かすのよ」

「射撃訓練スクールでも開けば繁盛しますよ、きっと」

「お金はいいの。たくさんある。私たち、お嬢だもの」

「そうでしたね。国いちばんの学校に通う美少女たち」

「顔がかわいくて」

「スタイルもいい」

「でもって家はお金持ち」

私は仰向けの体勢でカメラを構え、空を撮った。

かしゃん。

「夕方の空を撮影するなんて、リリィもなかなか少女趣味が行き過ぎているみたいですね」

「いいの。これは記録なんだから」

現像したら旅のアルバムを作ろうと思った。

思えば、これまでこんなふうに旅行をしたことはなかった。

危険ととなり合わせは落ち着かないけれど、自由であることはわるくないと思った。

「不思議なものです。まさかリリィと旅をする日が来るなんて」カレンが言った。

「私もまさかカレンが復讐に付き添えと言い出すとは思ってなかった」

「わたしって第一印象どんな感じでした？」

「わすれた」私は言った。「ひとりひとりの印象なんておぼえてないよ」

「わたしは友人になるよりも前からリリイのことを知っていましたよ。初めてテレビであなたのニュースを見た朝のことはわすれません。リリイ・ザ・フラッシャー。わたしはその朝、トーストを食べていました。溶けたバター、ざらつく焼き目、かたい耳。手にくっついたパンのかす。あの朝のせいか、いまでもパンの匂いを嗅ぐたび、トーストをかじるたびにあなたのことを想います」

トーストが私の象徴、か。「うれしいような、うれしくないような」

「ダイアリーみたいなものを持っていると、ときどき考えることがあるんです。『もしわたしが、ニュースを見たあの朝のことをわすれたとしたら、わたしが食べるトーストの味は変わるのかな』って。ちょっと試してみたい気もしますがやりません。比較しようがないからです」

「なんとなくカレンの疑問はわかるよ」私は言った。「私もふと目にする光景に説明できない懐かしさや親しみを感じることがある。たぶん、だれにでもあることだと思う。でもそれっていまの話で言えばニュースのことをわすれてパンを食べてるのと同じ状態なんじゃないかな」

「わたしたちはつながりのむこうをわすれながら生きてるんですね」

「魔法の本がなくとも人間はわすれる」

彼女は見張りに飽きたのか、となりに寝転んだ。彼女の金色の髪と私の黒髪が重なった。

かしゃん。

「きれいな空ですね」

「ちゃんと見張ってなよ」

「大丈夫です。視野は広いほうですから」

「なにそれ」

「たとえば」カレンは言った。「いつかわたしがリリイのことをわすれて、またきょうみたいな空を見たら、意味もわからず、どうしようもなくさみしくなったりするんでしょうね」

「かもね」

私も両腕を真上に伸ばした。彼女と同じ体勢になった。

「私はなにもわすれてないのに、夕方の空を見るとさみしくなっちゃうけどね」

「リリイ・ザ・フラッシャーはセンチメンタル」

「否定はしない」

やがて通用口のドアが開く音が聞こえて、カレンは身を起こした。

「来ましたよ。リリイ」

私も起き上がると、たしかにエマの姿があった。

彼女はキーで車のトランクを開けていた。

いよいよですね、とカレンは言った。


私たちはハリケーンであとをつけて彼女の家に行くことになるだろう。

そこで起きることはだいたいこのあいだと同じだ。

しかしいま、真面目に働く彼女を罰することが果たして正しいことなのだろうか。

私にはわからなかった。

9　第二の復讐（ふたりめ）

「四年前の七月二日のこと、おぼえていますか」

棚を物色中のカレンがエマに問いかけた。

エマはいま、自宅のダイニングテーブルの前の椅子に座っている。

隣では私が銃を構えている。エマは自由に動けない。


彼女は警戒心が強いようで、チャイムを鳴らしただけではドアを開けなかった。

だから空気砲でロックを壊し、押し入った。

エマは銃を取り出してカレンに向けたが、それは無意味なことだった。

銃を撃ち落とすのなんてリリイ・ザ・フラッシャーには造作もないこと。

結局エマは、第一のターゲットと同じく、空気砲の威力でもって椅子に座らされることになった。

彼女が落とした銃は私が回収した。


カレンは家の中をめちゃくちゃにしながら質問を続けていた。

「いまは病院勤務ですか。社会に貢献するお仕事ですね。私は看護師さんには最大級の敬意を持っています。私の父も医療関係者でしたから、って、言わなくてももうご存知ですね」

「……あのときの娘だったのね」

「ええそうです。死に損ないの」

「まさか生きていたなんて……」

エマはテーブルの上でかたく拳を握りしめていた。

「……あのときのことは後悔してる。悔やんでも悔やみきれないくらいに。大金が手に入るのは知っていた。でもそれ以外はなにも知らなかった。まさか拷問の末に人を殺すなんて……」

「悔やんでも死んだ人は戻らないのです」

「でも私は最後まで仲間を止めようとした！　あなた、目の前で見てたでしょ？　拷問や殺害はなんとかやめさせようとしたの！」

「幸か不幸か、わたしは当時のことをおぼえてません。だからあなたのいまの発言が本当か嘘かはたしかめられない。でもこれだけは言える。結局やめさせられなかったのなら同罪です」

カレンは棚から取り出したティーポットを床に落とした。次は皿、次はコップ。手当たり次第に食器を破壊していた。床はガラスと陶器のくずで埋め尽くされた。

「……あの日の仕事の取り分は手をつけずに取っておいてある。欲しければぜんぶあげるわ」

「あげる？」

カレンはエマの顔にソーサを投げつけた。エマは悲鳴を上げた。

「返すの間違いでしょう」

「カレン。落ち着いて」私は言った。

エマは痛みに顔を歪め、目の端に涙を溜めていた。上唇は割れて血が流れていた。

「……罪滅ぼしというわけじゃないけど、いまは病院で働いてるの……」

「知ったことじゃありません」

「もちろんそれで過去の過ちが許されることはないのはわかってる。でも他のひとたちの助けになることで社会の役に立ちたい、失望させた親からの信頼だって取り戻したい！　だれかをがっかりさせて傷ついたの、だから――」

「そういうのもいりません」カレンはエマの言葉を遮った。「うんざりです」

「……お金は地下にある。キッチンの床下収納の裏に梯子があるから、それで下るといいわ」

「魔法のペンのことは知ってる？」私は訊いたけれど、彼女はぎこちなく首を傾げただけだった。

知らないふりをしているふうには見えない。たぶん、ほんとうに知らないのだ。

「お金の在処も吐いた。拷問の必要もない。さ、とっとと回収してここを出よう」私は言った。

「……欲しいものは持ってっていい」エマが言った。「ものも、お金も。……それが目当てなら」

「気に入らないですね」

カレンはエマに近づき、顎からほおにかけて鷲摑みにした。

「お金が手に入ればそれでわたしが満足するとでも思ってるのですか？」

「そんなことひとことも言ってないでしょ！」

「その目が言っているんですよ」

彼女はエマの顔を前後に揺さぶった。

「カレン！」私は言った。「やめて！　離れて！　不要な暴力はだめ！」

「だったらこれは必要な暴力ってことになりますね」

「いたっ……！　いたいっ！　ううっ！」

「痛くしてるんですから当然でしょ」

「カレン！　やめなったら！」

私は椅子を回り込んでカレンに駆け寄った。

「止めないでください」彼女は冷たい目で私を見た。「復讐がそもそもの目的です、お金じゃない」

「彼女は十分反省してる、やりすぎだって」私は言った。「頭冷やしてよ、お願いだから」

「わたしは冷静です」

「そんなことない。復讐に我をわすれてる」

「リリイ」カレンは私の後方を指差した。「だれがターゲットから銃を背けていいと言いました？」

振り向けばエマは椅子から立ち上がり逃げ出そうとしていた。

「言わんこっちゃありませんね」

カレンは私の右手から空気砲を奪うとエマの背中に狙いを定めて引き金を引いた。

弾は右肩を掠《かす》め、彼女は割れた食器だらけの床に倒れこんだ。

撃たれた痛みと破片が刺さった痛みで、彼女は泣き叫んでいた。

「これはわたしのせいじゃありません」カレンは私の批判を牽制した。「警告したにもかかわらず逃げをはたらこうとしたこの女が悪い。ついでに言えばちゃんと脅しておかなかったあなたも」

「……もういいでしょ」

私はカレンの持つ空気砲に手を伸ばしたが彼女は渡さなかった。

「あなたは甘い。リリイ・ザ・フラッシャーの名が泣いてますよ。銃というのは撃つために存在するのです。脅すための飾りにしているだけじゃ足りません。あなたは親の死からなにも学んでない」

「そのはなしはやめて」私は言った。「さあ。空気砲を返してよ」

「信用できません。実際あなたのせいでターゲットを逃すとこでした。私が空気砲を持ちます。あなたはダイアリーのほうを。さ、彼女を椅子に戻してください。復讐は終わってないのです」

「あの人にこれ以上の暴力はだめ」

「相手の態度次第でしょう」

私はエマを立ち上がらせ、再び椅子に座らせた。彼女の肘には陶器の破片が食い込んでいた。見るも痛ましく、正視できなかった。

「リリイ・ザ・フラッシャーは気が小さいのですね」カレンは呆れ声で言った。

エマはしくしく泣いていた。過去を悔いる涙なのか、痛みに耐えかねているのか。いずれにせよむごたらしい仕打ちだと思った。いくら彼女が一度は許されぬ罪を犯したにせよ。

「もう十分なはずよ」私はエマの前にダイアリーを広げた。「魔法のペンだって持ってないってわかった。長居する理由はない」

「まだ早いです」カレンは言った。「地下のお金を回収してません」

「お金が目的じゃないって言ったでしょ」

「わたしは要りません。でもこの女が保有するのは我慢ならない」

「この人はたぶん使わない」私は言った。「これまでも使わなかったんだから」

「リリイ。そういうところが甘いんですよ」

「説教はモーテルで聞く」

カレンは大きなため息をついた。

「さ、これに『N5年10月4日のこと』って書いて」私はエマに言った。「きょうのことがわすれられる。もちろん私たちのことも。これは記憶を消す本なの」

「そこまで教えるのはいかがなものでしょうか」

「どのみちわすれる」

「……書いたことがわすれられるの？」とエマ。

「いいから書くのです」カレンが言った。「質問していいなんてだれが言いましたか」

エマは血だらけの右手でボールペンを握った。しかし思いつめたようにダイアリーを見つめ、しばらくペンを動かそうとはしなかった。

「さっさと」カレンはエマの頭を銃口で小突いた。

「カレン。どうしたのよ」私は言った。「きょうのあなたはいらいらしすぎてる」

「リリイ。わたしは復讐をしたいのです。相手を快適にさせてどうするんですか。父やわたしが味わった屈辱を思い知ればいい、自分が死ぬかもしれないという恐怖を味わえばいいのです。どうせわすれるんですから。治ると解っているのですから傷は深くていいのです」

「こころの傷はでしょ。からだの傷は治らない」

「そのとおり。だから敢えてしているのです。頭がわすれてもからだがこの日をおぼえておくように」

「あなた狂気じみてる」

「リリイにだって狂気はあるでしょう。でなきゃ人なんか殺せませんから」

「私を人殺し呼ばわりするの？」

「実際そうじゃないですか」

私たちが口論しているあいだにエマはダイアリーに書き込んだ。

ところが彼女が書いたのはきょうの日付だけではなかった。


『N5年10月4日のこと』

そしてその下。

『N1年7月2日のこと』

「……なにをしてるんです？」カレンは言った。

「……ずっと後悔しながら生きてきた。あの日あなたの父親殺しに関わってしまったこと……」

「……だからその記憶から逃れたいと？」

「……そう。わすれたい。私は新しい人生をスタートさせたい……」

「ふざけないでくださいよ？」カレンは言った。「わたし、怒るとこわいんですから」

彼女はまずエマの右膝を撃ち抜いた。

「あああああああああああああああ！」

エマは悲鳴を上げて椅子ごとひっくり返った。

その叫びは、聞いている側の毛が逆立つほどのものだった。

「……カレン！」

私は息を飲んだ。カレンは目に感情を宿していなかった。

「父を殺した事実をわすれたい？　なに都合のよいことをしてくれてるんですか。あなた、過去の罪から逃れて生きることを選んだ。ダイアリーは閉じたら最後、もう二度とあなたにあの日の記憶は蘇らない。あなたはそれでいいでしょう。でもわたしはよくないのです」

それからもう一発、今度は脛を撃った。

エマはガラスだらけの床で身を捩《よじ》らせた。

「父の死の十字架を下ろして楽に生きることは許さない！　不都合な事実をなかったことにはさせ

ない！」

「カレン！　やめなよ！」

　私が近づこうとすると、カレンは私に銃口を向けた。

「来ないでください。きょう、この女はまたひとつ罪を重ねた。わたしは我慢ならないのです」

「……私を撃つの？」

「もちろん撃ちたくはありません。でも必要とあらばやむをえないことです。わたしは復讐という目的を達成するためにここにいるのですから」

「……そう。だったらこっちも」

　私は手を服の中に入れ、インナーベルトに隠していたエマの銃をワンピースの下から発砲した。服の中が一瞬にして熱くなり、布は破れ、銃弾はカレンの真上のペンダントライトを砕いた。彼女は驚きと混乱からうしろに退いた。

「動かないで」今度は私が言った。「もういいでしょう。行こう」

「銃なんか向けちゃって」カレンは言った。「さっきの威嚇で精一杯のはず。優しいあなたにわたしを殺せるはずはありませんよ」

「そのとおり。殺したりはできない。でも私には殺さない程度に痛めつける技術もある」

　カレンは肩を竦めた。

「さあ。出よう」私は言った。「リリイ・ザ・フラッシャーに銃を向けて死なずに済んだ最初の人間になったね」

「この女を縛り上げないといけないのでは？」

「その必要はないでしょ。もう歩けもしないんだから」

カレンはダイアリーを開いたまま持ち、私は空気砲を拾って、裏口から家の外に出た。

エマはずっと泣き叫んでいた。


ハリケーンのところに着いてなお、カレンはダイアリーを閉じようとはしなかった。

「早く閉じないとエマの悲鳴に気付いた近隣住民があの家に行っちゃう」私は言った。「彼女がだれかにしゃべる前に本を閉じなきゃ」

でもカレンは、やはりそうするのをためらった。

父親の死が、あの日の罪が、女から消えてしまうのをこころから拒んでいるようだった。

しかし最後には、やはりそうする必要があることを理解したのか、ダイアリーを閉じた。

「結局閉じるなら最初から素直に閉じればいいのに」

ハリケーンのハンドルにからだをもたせかけた格好のカレンは言った。

「わたしってばかみたいですね」

彼女のため息はいつも以上に深かった。

10　うたをうたって

ガソリンが切れそう、とカレンが言った。街灯のない道での出来事だった。スタンドがあるまちまではかなり遠い。おまけにそこに至るには山を越える必要だってあった。

ヒッチハイクはなかなか成功しなかった。無理もない。このご時世、不審者がいたらまずは強盗と疑うのがふつう。せめてもの救いは私たちふたりともが美少女だということ。

ハリケーンを路肩に停めてから一時間経過した。車は二台しか通らなかった。一台は大きなトラックでハリケーンを載せられそうなやつ。でも中年の運転手は私たちを無視して行ってしまった。もう一台は小さなふたり乗りの普通車だった。黄色くてまんまるとしたフォルム。運転手のおばさんは窓を下げて、どうしたの、と私たちに訊いてくれた。

残念ながら、私たちをどこかへ運ぶにはその車はあまりにも小さかった。ハリケーンを載せられないどころか、あとひとりしか乗れない。

だからカレンは親切な申し出を断り、礼を言った。

おばさんは、かわいそうに、若いのに、と言った。

そして窓越しにクッキーをふたつくれた。


私とカレンはほとんど話さなかった。

エマの件がどうしても頭から離れなかった。

理解してあげたいという想いと、簡単にゆるしてはいけないという想いがあった。

沈黙はつらくはなかった。どうでもよいようなことを話しかけられるよりはよほどまし。

草むらの端に立ちながら考えていたのはシャワーを浴びたいってことだけだった。


ようやくヒッチハイクが成功したのは二時間ばかり経ったころのこと。

コンテナを背負った大型車両が私たちの目の前に停止し、運転手の鋭い目つきをした男が、なにも言わずに親指でコンテナを指差した。

相手が卑劣漢である可能性はあったが、それはどうでもよかった。

私たちにおかしなことを試みた時点で彼の膝は砕ける。銃を持った私に怖いものはなかった。

乗り込む直前、カレンは運転席に向かって「ガソリンスタンドまで」と言った。

彼は頷く代わりに、もう一度面倒くさそうに後方を指差した。地元の野球チームのロゴが入ったキャップを被っていて、口には煙草を咥えていた。

促されるままに鍵のかかってないコンテナの扉を開け、スロープを展開してバイクを載せた。

コンコンと運転席の裏側を叩くと車は出発した。


一番近いまちのガソリンスタンドで大型車両は私たちを降ろした。

カレンは礼を言いながら謝金を渡そうとした。

運転手はそれには目もくれずに窓を閉め、乱暴にハンドルを切り、スタンドを出ていった。

「世の中にもまだああいうひとがいるのですね」とカレンは言った。「自分への見返りを求めず、他人を助けるために行動をとれるひとが」

「私が美人だったから乗せてくれたのかも」私は言った。

「リリイ」カレンは言った。「どう見てもわたしのほうがかわいいじゃないですか」

「どうだか」

「あなたもかわいいはかわいいですが、それは主にファッションのおかげです」

「素材は自分の方が良いとでも？」

「言わずもがなでしょう」

ガソリンを入れているあいだ、私たちは雑談をしながら少しづつ距離を戻していった。

喋っていると、カレンは憎むにはあまりにも無邪気なところがあるとあらためて気付いた。

だからゆるせるかもしれないと思った。

そう。そのときは思っていたのだ。

でも無理だった。

まち外れの小川の畔《ほとり》で私たちは口論になった。

バイクを降りて休憩しているときのこと。

やはり私にはどうしたって、エマがあそこまでひどい目にあった理由が理解できなかった。

私は「当初はやりすぎないという約束だった」と言った。

カレンは「あんなのはやりすぎのうちに入らない」と言った。

私たちのけんかを路肩に停めたハリケーンが無表情で見つめていた。

斜めむこうを向いた前輪は首を傾げているようでもあったし、呆れているようでもあった。

「だから話がちがうじゃない」私は言った。「銃はあくまで威圧のためのものでしょ。撃って痛めつけるのはなしって言ったはず。私はそんなの望んでないって」

「ええ。だからあなたは標的を撃ってないじゃないですか」

「カレンが撃ったなら同じことでしょ」

「ちがいます。わたしはわたし、あなたはあなた」

「やめさせなかったのなら私も同罪。それがカレンがエマに対して吐いた論理だったはず」

「もちろん詭弁です。わかりませんでしたか?」

小川の水はちょろちょろ、ちょろちょろ流れていた。

それは水洗便所でタンクからの水が流れきるときの、あの断末魔みたいな音に似ていた。

「リリイ。あなたはわたしの家に起きたことがいかに悲惨だったかに一度は理解を示した。そしてわたしの復讐に協力するとも言った」

私は頷いた。それは事実だった。

「だったらわたしを信じてちからを貸してください。気が済むようにさせてください」

「それで他人の恨みを買ってたら憎悪の連鎖がどこまでも続くことになる」

「続きません。そのための魔法の本です。相手はわたしたちを恨むだけの記憶を留められない」

「だとしても倫理的に正しいことじゃないでしょ」

「わかりきったことです。それを承知の上でお願いしたのです」

「カレン、とにかくああいうことはしないで。次やったら私は降りる」

「リリイ」カレンは言った。「あなたはなにもわかってないのです。わたしが父を奪われてどれほどつらい想いをしたか」

「ええわからない。私はあなたじゃないもの」私は言った。「でもね、こっちだって強盗に親の命を奪われてる。あなたが感じたようなかなしみなら私も感じたことがあると思うけど」

「リリイのそれは後悔でしょう。あなたはあの日、引き金を引けば両親を救えた。わたしにはその選択肢さえなかった」

「そのはなしはしないで!」

「落ち着いてないのはあなたじゃないですか」彼女は言った。「すこし頭を冷やすべきです」

カレンは私を見つめるばかり。

挑発とも同情とも諦めともつかないような眼差しだった。

「とにかくもう、銃でだれかを撃つのはいやだから」

私はエマから奪った銃を川に投げ込んだ。

ぼちゃん、と情けない音が立った。


私たちはその日、もうハリケーンに跨がろうとはしなかった。夕食を取ろうとも考えなかった。

なにもしないまま、じっと川の音に耳を澄ませていた。

何時間も経過したあとで、出かけるにはあまりにも遅いということに気が付いた。


互いに背を向け、川の畔で眠った。

寝袋のなかで、破けたワンピースの穴に人差し指を入れたり出したりした。

お気に入りの洋服がだめになるのはつらかった。

こころにも穴が空いた気分だった。

＊

目が覚めたのは朝の五時半だった。時刻はリュックの中の時計のアラーム音で知った。

空はうっすら青い。寝袋の中があたたかい。まるで自分が胎児になった気分だ。こうやって小さな袋に包まれたまま目を閉じ、耳を澄ませていると、自分が大きな世界に抱かれた存在なのだとわかる。

樹々のざわつき、川のせせらぎ。

何度か寝袋の上を虫が飛び跳ねて行くのを感じたけど、都度追い払う気にはならなかった。

あたたまった寝袋から腕を引き抜くのは困難なことだった。

二度寝から目覚めたのはハリケーンの音によって。

カレンは既にバイクに乗っていて、私が起きるのを待っていた。

「……いつからそうしてたの？」

私はカレンに訊いた。彼女はハンドルを捻り、ウォンといわした。

「……私も急いで準備したほうがいい？」

ハリケーンはまたウォンウォンと唸った。カレンはキャンディを舐めている口を開かなかった。

彼女はきょうもポーカーフェイス。昨日のことを怒っているのかいないのかもわからない。

私は靴を履き、身の回りのものを適当にリュックに放り入れ、寝袋を丸めた。この寝袋を丸めるという作業はなんにも増して私が嫌いな作業だった。一度で上手く収納袋に収まったためしがない。待ち続けるカレンの無言のプレッシャーも相まって、寝袋との格闘はストレスフルだった。

リュックを背負い、ハリケーンの近くに置かれたカレンのショルダーバッグを肩に掛けて、彼女のうしろに跨がった。

「次のまちに行くの？」

カレンはなにも言わなかった。代わりにハリケーンは、ウォオオオンと低音を轟かせ、大量の排気ガスをまき散らして発進した。


どうしようもなく眠い一日というのはたしかにある。

なにをしていても眠くって、目を開けているのが困難な日だ。

きょうという日はまさにそんな日だった。

ハリケーンは四車線の国道を走っていた。どこまでも続きそうなまっすぐな道だった。

左手に山々、その麓に真青な湖、そして畔の家々。

右手の反対車線の向こうにまた山の連なり。頂《いただき》はどれも雪で覆われていて白い。

空はいつものように晴れていた。太陽の光がミラーに反射していた。

私はカレンの背中に頭をくっつけた。

洋服越しに感じるカレンのからだはあたたかかった。

普段ならこんなことはしない。そういう安易な甘えは私たちの好むところじゃない。

でもこの日は開き直っていた。けんか中だし、別に怒られようが嫌われようが構わなかった。眠りやすい体勢だけを追求していた。

カレンは案の定、しばしば腰を突き上げて私の顔を払おうとした。

そういう嫌がらせをされればされるほど、私は意固地になって彼女の背中にしがみついた。

＊

途中立ち寄ったサービスエリアは新しい施設で、防犯ガラス張りの外装はまだ傷ついておらず、ぴかぴかだった。建物のとなりには池があった。湖と呼んでいいくらい大きな池だった。

カレンは飲み物を買いに行き、私は池を眺めながらハリケーンの上で待った。

水面には奥にそびえる山が映り込み、さかさになって揺れていた。

魚が跳ねた。樹々の葉が青空の上に浮いていた。

私はひとりで笑った。

こんな世の中でこういう風景を目にすると、緊張と緩和というわけではないけど、なんだか可笑しくなってしまう。だってここは暴力の国。でも目の前にある、のどかで、平和な風景もまた現実。この世界もまだ捨てたものじゃないのだと思わせてくれた。救いを感じたような気がした。

それで、ひとりで歌をうたった。

大きな声だった。

小さかったころに母がよく弾いてくれた童謡。目を開けていても母の指が見える。

「あまり大声を出さないでくださいよ、恥ずかしい」

戻ってきたカレンが言った。久しぶりに彼女の声を聞いた気がした。

「おかしな行動をしていると撃ち殺されるのがこの国ですよ、知りませんでしたか」

彼女は右手に二本ジュースを持っていた。

おいしそうなオレンジジュースを自分に残し、おいしくなさそうなメロンジュースを私にくれた。

「私、メロンとか好きじゃないんだけど」

「おごりなんですから。わがままを言わないでくださいよ」

「センスを疑う。私もオレンジがよかった」

「なら自分で買ってくればいいじゃないですか」

「自分で買いたいと思うほどには喉はかわいてない」

「なんなんですか」カレンは言った。「めんどうくさい」

そして彼女もハリケーンに跨がり私に並ぶように座った。

主人が自分であることを主張するべく、もっとも座りやすい部分からじりじり私を追い出した。

それからふたり、池を眺めた。

「なんで歌なんかうたってたんですか。くるったかと思われますよ」

彼女はおいしそうなオレンジジュースを飲み、言った。

「青い空、池、山、それから太陽。これだけ揃ってれば歌をうたいたくもなるでしょ」

「わけわかりません」

「うたってみればわかるよ」

私もメロンジュースを飲んだ。やっぱりおいしくはなかった。


カレンはとつぜん、大きな声でうたった。

私よりもずっとずっと大きな声だった。

駐車場にいる人々がいっせいに私たちのほうを振り返った。

建物の中のひとたちも、みなガラス越しにこちらを見ていた。

背中に、すごくたくさんの視線を受けているのを感じた。

「ねえ、カレン」私は言った。「恥ずかしいね」

「そうでしょうか」彼女は言った。「わたしにはわかりましたよ。なるほどたしかに歌をうたうには絶好の日です。まちがいありません」

「わかったって。だからだまろう」

「リリイもうたってください」

「え？」

「ひとりがうたっているから恥ずかしいのです。ふたりがうたっていれば恥ずかしくありません」

「なにその論理」

「さあ」

「ああ、もう」

そして私とカレンは、ふたりですごく大きな声でうたった。

人々は私たちを見るのをやめなかった。

風が吹くと髪が流された。カレンの金色の髪が私の鼻に触れた。

水面は歌声に共鳴するみたいに震えた。

私はひだまりの中で目を閉じて、カレンよりも大きな声を出そうとした。カレンは私よりも大きな声を出そうとした。声量のインフレーション。

うたうのに飽きたときには喉がからからだった。


「カレンは歌だけは私よりうまいね」私はおいしくないメロンジュースを飲みながら言った。「歌だけはね」

「何言ってるんです」カレンは言った。「見た目も性格もわたしのほうが上じゃないですか」

「性格」私は言った。「カレンのいちばん救いようがないところだと思うけど」

「わたしは自分の性格がおかしいと思ったことは一度もありません」

「おかしいひとはみんなそう言う」

「リリイ、あなた歌へたですね。ピアノの先生の娘とは思えない」

「そんなにひどくないでしょ」

「音痴は自分が音痴であることに気付けないものです」

ハリケーンからぶら下がった四本の脚、私のブーツとカレンのスニーカーを見た。とつぜん、自分たちの出で立ちが気になった。服は着潰しかけていたし、靴は汚れがひどい。髪の毛だってがさがさ。早くいいシャンプーを使って洗いたい。

「おかしいよね、こういうの」カレンに言った。「私たち、お嬢様育ちだったはずなのに」

「でも案外、こういうワイルドな生活も合ってるのかもしれませんよ。ギャップです、ギャップ。可愛い女の子が野性的に、タフに生きる、異性にもてそうじゃないですか」

「まわりに男もいないのに」

「男がいなくとも女は女で居続けたい、そうは思いませんか」

「あんまり」

「なるほど」彼女は言った。「だからもてないんですよ」

11　ぎじゅつとまほう

十月五日。夕。
中継のモーテルの部屋で、カレンはだれかに電話をかけていた。
相手は知り合いのようだった。彼女の声は明るかった。
明日には到着しますので、とカレンは言い、受話器を置いた。
だれ？　ベッドの上の私は訊いた。
明日わかりますよ、カレンは言った。

十月六日。夕。
ハリケーンは建ち並んだ住宅のうちのひとつの前で停まった。
玄関の扉は塗装したてでまっさらだった。
カレンがノックをしてから何十秒か経つと、白い扉が開かれた。
中から出てきたのは十歳くらいの少年だった。
いがぐり頭でかさかさの唇。ハーフパンツから飛び出た膝は擦り剝けていた。

やんちゃな盛りを迎えた典型的な小学生男子といった趣《おもむき》だった。

「カレンちゃん！」少年は驚いた顔で言った。「ずっと待ってたんだよ！」

「おひさしぶりですケイタ。元気にしてましたか」

「うん！」

ケイタと呼ばれる少年はカレンに会えて嬉しくてしかたないみたいだった。

彼の靴下はしましまで、さきっちょは破けていた。

特にみすぼらしいとは思わない。少年はみな破れた靴下を履いているもの。

「ちょっとここに居て！　いま父さんに言ってくるから！」

「ケイタ。まず連れを先に紹介しておきます」

カレンは私の袖を引っ張って少年の前へ突き出した。

「あのリリイですよ。知ってますか？」

ケイタは私の顔をまじまじ見つめ、すぐに視線を背けた。

「……え、あの『リリイ・ザ・フラッシャー』？」

「そうです。ほんものですよ」

「……ふうん」

ケイタの反応は淡白なものだった。少年期特有の意固地さというか、世間がちやほやするものに簡単には関心を示したくはないというこだわりがあるのかもしれない。

「……で、きょうも銃とか持ってるの？　うちで早撃ちとかしてほしくないんだけど」

「まさか」と私。「銃なんて持ってないし、早撃ちなんてしないよ」

「ならいいけど」

「しばらくお世話になるけどよろしくね」ケイタに握手を求めて手を差し出した。

「……待ってて。いま父さんを呼んでくるから」

ケイタは私の手を握らないまま階段へ消えていった。

「年頃の男の子は難しいものです」カレンは言った。「あの子の無愛想な振る舞いを大目に見てやってください」

「この家のひとたちはカレンの親戚？」

「ええ。ケイタはいとこにあたります」

「……ということは、つまりこの家に標的が？」

「そのはなしはあとで」

カレンと話しているあいだ、私はケイタに握られなかった右手を引っ込めるタイミングをずっと探っていた。そして間を見計らって、さりげなく手をからだの脇へ戻した。でもカレンにはぜんぶ気付かれていた。

「傷ついてるんですか？」カレンは笑いながら言った。

「べつに」と私は言った。

通されたのは中庭に面したバルコニーだった。父子はそこでバーベキューをしていた。

ウッドデッキの上にはテーブルと二脚のチェアがあった。

ひとつにケイタが座っていて、もうひとつには彼の父親が座っていた。

「おじゃましてます、おじさん」とカレンが言った。

「ようカレン」叔父は言った。「元気だったか」

「ええ、おかげさまで」

「おじゃましてます。お世話になります」私は言った。

カレンの叔父は私へは一瞥をくれたきりでなにかを言うことはなかった。

「あれがゴン叔父さん。わたしの父の弟です。いかついからだしてるでしょ。昔は格闘技をしていたとか」

ゴンの顔はごつごつしていた。こめかみには大きな傷があった。刃物で斬りつけられた傷のようにも、鋭いパンチを喰らった痕のようにも見えた。

肌寒い季節なのに、薄い白シャツの下はタンクトップだった。タトゥーだらけで、皮膚という皮膚にはほとんど墨が入れられていた。カレン曰く、一年に一個、新しく絵を彫るんだとのこと。あと数年もすれば真っ黒になるかもしれない。

「ぜんぜん私に話しかけてくれないよ」小声でカレンに言った。

「無口な人なんです。リリイに対してだけではありません」

「だといいけど」

ゴンは面白くもなさそうにトングで肉をひっくり返し続けた。

彼はビールとパイプを交互にやるきりで、肉を食すのはもっぱらケイタの仕事だった。

「まあ座ってよ……つっても椅子がないや。取ってくる」

ケイタは皿を持ったままリビングに行った。

私たちは行儀良く並んで立ったまま待った。

*

「わたしの叔父、ゴン。彼こそが第三のターゲットです」

二階の客室に案内されたあと、カレンは言った。

「見ておわかりのとおりゴンは堅気の人間ではありません。この社会においては略奪をする側の人間、要するに犯罪者です。あろうことか、ゴンは父が持つ魔法の本の情報を付き合いのある悪党に売りました。あの日の主犯のひとりです。ゴンはおそらく、私がまだ居所を掴んでいないその四人目の現在地も知っていると思われます。拷問にかけてそれを吐かせるつもりです」

「……あの人は実の兄を殺した」

「金のために身内を殺す、どの時代のどの社会でも起きたことです。あの男はそういうことをするやつなのです。父よりも父の秘密と財産のほうが大事だったのでしょう」

飛び込んだベッドはかびくさかった。最後にシーツを洗ったのはいったいいつなのだろう。他所《よそ》の家に泊まるときはそういうことが気になってしかたない。よくないことだとはわかっていても。

「……カレンのおばあちゃんはそのことを知ってるんだよね？　息子が、もうひとりの息子を殺したってことを」

「もちろん知っています。ただ前にも言ったとおり、祖母にも人間としての弱さがありました。わかっていてなお通報はしてなかったのです。捕まれば叔父は死刑でしたからね。こどもふたりともを失うことになるのはつらかったのでしょう」

カレンもベッドに寝転んだ。ふたりして眺める天井は低かった。

シーリングライトのカバーの内側で、何匹か小さな虫が死んでいるのが見えた。

「世の中わからないものですね。知らないほうがしあわせなことだらけに思えてきます。実際、祖母はたくさんの信じがたい事実に傷つけられながら生きてきました。いくつかの事実については知らずにいたほうがよかったのかもしれません。頑固な祖母が事実から逃れるためにダイアリーを使ったことは一度もなかったようですけど」

事実から逃れていたほうが楽なこともある。たしかにそれはこの世の真理に思えた。

「カレン、あなたはどう思う？　事実を知りたい？　それとも逃れ続けたい？」

「たとえば七月二日についてですか」

「たとえばね」

「まだわかりませんよ。前にも言ったでしょう」

カレンは自分の首元の傷痕をさわった。あの日彼女は死にかけた。

「魔法のペン。手に入ったからといってそれを自分のために使う予定はありません。少なくともいまのところは」

「いまのところは」私は繰り返した。

「わからないんです」カレンは言った。「父が苦しみながら死に至るところを思い出したいわけはありません。でも悪党が押し入ってくるまではごく普通の一日だったはず。父とわたしが一緒に過ごした最後の日常。そこで交わされた最後の父娘の会話。そういうのを知りたいと思う気持ちがあるのもふつうのことでしょう？」

私は頷いた。カレンの気持ちは理解できた。

そしていま下階にいる人間こそが、その平和な日常を壊した悪党のひとりだ。

「これからあの叔父さんにも復讐をするの？」

「もちろん。さっきターゲットと言ったじゃないですか」

「でもケイタは？　あの子はどうなるの？　父親がぼろぼろになったら、家が荒らされたら、トラウマになってしまうんじゃないの？」

「たしかにそれは悩ましい問題です。ケイタの父親を苦しめるということは間接的にケイタを苦しめることにもなります。母親はケイタがまだ五歳のころ旦那に愛想を尽かして家を出て行ってしまいました。父親の存在は彼にとって大きなもの」

カレンは言った。

「しかしもう割り切って考えることにしたのです。復讐は復讐。相手の家族のことなど思い遣っていたら仕返しなんてできない。それにケイタは親戚です。トラウマがひどいようだったらいつかわたしがダイアリーでつらい記憶を消してあげることもできます。明日十月七日が第三の復讐決行の日です。その日付がケイタにとって耐え難いものになったときはわたしが彼を救いましょう」

「無関係なひとを巻き込むことについての最低限の配慮？」

「そんなところです」

こんな復讐に意味があるのか、とは問わなかった。いまさら遅すぎる気がした。

でもケイタは、いつか真実を知ったらカレンに復讐をしたいと思いはしないだろうか。

「復讐をどこかでだれかが思いとどまらない限り、報復の輪廻は終わらない」私は言った。

「それはちがいますよ、リリイ」彼女は言った。「報復の輪廻を終わらせるためにこそダイアリーを使っているのです。ケイタが真実を知ることはありません。ゆえにわたしへの怒りを抱くこともないのです」

「けれどあなたは自分の怒りや哀しみの原因をわすれようとは思わない」

「そうです。自らそうするのは泣き寝入りみたいなものです。わたしは負けません」

カレンは正確な長さの紐を解き、靴を放り投げた。それからクッション代わりに枕を抱いた。

「ゴンはダイアリーの効用を知っています。だからこれまでのふたりよりも書かせる時は気をつけなければいけません。おまけに屈強なからだを持ってもいます。接近しているあいだは常に危険です。相手がおかしな行動をとったら迷わず撃ち抜いてください。ダイアリーを奪われることがあってはいけません」

「殺しはだめ」私は言った。「このあいだみたいな過剰な暴力も」

「ためらうのはもっとだめです。中途半端な行動と思いやりはだれのためにもならない。実際、リリイのどっちつかずの判断は過去にあなたの両親を奪った」

「そのはなしはやめて」

「わすれたいのならダイアリーを貸してあげますよ」

カレンは起き上がり、言った。

「明日の夜、ケイタは近所の護身術教室に行きます。そのタイミングを狙って決行しましょう」

そしてバスルームに消えていった。


わすれたいのならダイアリーを貸してあげますよ。

彼女の残したことばについて考えた。私はどうしたいのだろうか。

カレンは過去を思い出したいかどうかわからないと言った。

私もある意味で彼女と同じ。過去をわすれたいのかどうかがわからない。

母の悲鳴はいつまでも離れない。あれから逃れられたなら、すこしは楽になるのだろうか。

……。

だめだ。考えると芋づる式にいろんなシーンが蘇る。吐き気がしそう。

うんざり。冷たいフローリングも、跳ねる血も、銃声も。

私は枕に顔をうずめた。息苦しかった。いろいろ。

あの日をわすれるということはあの日のことで悩んだこれまでの瞬間も記憶から遠のくということ。

たとえば明日の私があの日をわすれたとしたら、いまベッドの上で悩んでいるこの時間はなにに悩んでいたのか思い出せなくなるだろう。たぶん理由や動機の空白を不思議には思わない。というか、いまのこの状況さえ思い出すこともないのかもしれない。

もともとダイアリーはトラウマを除去するために使われていたガジェット。書き込んだことに関しては不自然な記憶の欠落を辿らない本能と反射が作用する。それは無意識下ではたらく精神防衛本能なのだとかつてのカレンは説明した。記憶の欠落を深追いすることはためにならない、それは脳が一番よくわかっている。だからこそ魔法の本を使ったひとはわすれたことさえわすれるのだ。

つながりのむこうがわを失いながら生きるとは、つまりはそういうこと。

私があの日をわすれたとしたら、あの日に関するあらゆる記憶を辿ることを避けるようになったとしたら、いったいどうなるだろう。

なんだかこれまでの人生がすかすかに感じてしまいそうだな、と思った。

一方で、より前向きに生きていけそうな気もしている。

過去に縛られない人生というのはどんなに自由で気持ちのよいものだろう。

私は仰向けの姿勢にもどった。

窓から差し込んでいた陽のひかりが弱まっていく。間もなく日が暮れようとしている。

ケイタのことを考えた。彼が私やカレンのようにならないといいと思った。親がうちのめされた姿を目にするのは、この世でもっとも残酷なことのひとつだから。

＊

翌日の朝、私とカレンはケイタを連れて川へ釣りに行った。

釣りは主にケイタが行った。

竿から糸を垂らし、魚を引っ張り上げるのがケイタの役割だった。

ついでに言えば魚から針を外してバケツに入れるのも、針に次の餌を付けるのも彼の仕事だった。

要するに彼がほとんどすべてをやった。

私とカレンがやっていたことと言えば川に石を投げ込んで魚をびびらすってことくらい。

釣りに有効かどうかはわからなかった。

カレンは、魚が逃げれば釣りやすくなる、と言った。

ケイタは、そんなわけないだろ、と言った。

私は、ただただ見ていた。

カレンが投げ込む石は次第に大きくなっていった。

しまいにはケイタが怒って竿を放り投げ、釣りは終わった。

「家に帰ってから魚を捌くのもケイタの仕事ですね」とカレンは言った。

「なんでおればっかりだよ。カレンちゃんなんもしてないじゃないか」

「生臭いのきらいなんです」

「じゃあなんで川になんか連れてきたんだよ」

「逆にこのまちで川以外に行くとこがあるなら教えてほしかったのですが」

カレンは彼のいがぐり頭を小突き、からかった。ケイタは手を振り払って怒ったような表情を見せたけど、姉貴分であるカレンにかまってもらえて、内心は喜んでいるようだった。

「あのおねえさんだってなんもやってないですよ」カレンは私を指差しながら言った。「ねえ、リリイ」

「え……、別にいいよ」

ケイタは私のほうを見ずにカレンに言った。彼は私に対してはなかなかこころを開かなかった。

「じゃあ帰りはバケツ持つよ」私が言った。「重いだろうし」

ケイタはそっぽを向いたまま小さく頷いた。

「にしてもカレンちゃん、よく女だけで旅なんてできるよな」

「あら。べつに怖いことじゃありませんよ。家にいたって危険な国です。安全なんてない」

「この国ってなんでこんななの？　じいちゃんは、大昔はもうすこしちつじょある社会だったって言ってたよ」

「前体制のことですか？」

「じいちゃんは、かんりしゃかい、って呼んでた」

「あれは人を管理しようとしすぎました。だから管理できなくなったんです」

「カレンちゃんもじいちゃんに聞いたの？」

「ええ。とは言えおじいちゃんだってその時代を実際に生きたわけではありませんし。伝え聞きの伝え聞きですね」

「でもさ、人間がかんりされてたころには犯罪はもっとすくなかったんだろうね」

「さあどうでしょう。人々を管理しようとしたこと自体が犯罪かもしれませんから」

「おれ、そっちの時代のほうがよかったな」

「ひとりひとりにひもが付いていた社会ですよ。ケイタみたいな奔放な子はいまの方が合ってるんじゃないでしょうか」

「大昔はもっとすごいテクノロジーがたくさんあったって話は聞いた？」

「みたいですね。心理判定や記憶改ざん、その他いろんな技術で秩序を形成していたようです」

「それがこんなにすたれちゃうなんて信じられないよな」

「核と一緒ですよ」カレンは言った。「すごい技術ですごいものを開発しても、そのすごさをコントロールできなければ技術もろともぜんぶ吹き飛んでしまう。運用は技術にとって永遠のテーマなのです」

「……なんか、よくわかんねーけどさ」

私たち三人は荷物を持って山道を下った。

私が持つバケツの中では水がちゃぽちゃぽ揺れた。中の魚は静かだった。

「はんざいがきびしく取り締まられた時代ならおれたちはもっとへいわに生きれたのに」

ケイタは自分の父親が犯罪者とは知らないようだった。もちろん私たちも教えなかった。

「それはそれで窮屈な世の中だったことでしょう」カレンは言った。「得体の知れぬシステムのなかでの生活なんて息苦しいじゃないですか」

「それはどうだか」私が言った。「暴力で金を巻き上げる原始的現代よりはましな気もするけど」

「今の社会はその点ではストレートですよね。だれがだれを騙す必要も無い。銃をぶっぱなして終わり。わかりやすいぶん、救いがないのも事実ですが」

「大昔の人は、人を騙すためにあの手この手をつかってたんでしょ?」とケイタ。

「そう。お金を詐取したり、自分を利するためにね」と私。

「ひとつ祖父から聞いた興味深いクイズを教えてあげましょう。ケイタ、親しい相手に虚偽の事実を信じ込ませるのにもっとも有効なアプローチというのはどんなだと思いますか?」

「えっ、なにいきなり」

「いいから考えてみてください」

「えー……、目を合わせない」

「惜しいですね」

「ふだんからやさしくする」

「それも惜しい」

「うーん、わかんない。答えは？」

「抱きしめることです。抱きしめる体勢は相手からの信用を得るのに極めて有効です。からだの温もりは相手の警戒心を解くことにもなるでしょう。親しい相手ならなおさら。しかしそれ以上に、抱きしめている状態では自分の顔やその周辺が相手の死角になります。これが重要です。目、口、表情全体、そのほか。相手からしたら話の内容の虚偽を判定するためのヒントがもっとも表出しやすい部位を隠された状態になるのです。しかし温もりは、愛は、そんな不利な状況さえも相手の認識から薄れさせてしまうでしょう」

「……抱きしめる」とケイタは言った。

「どうです？　勉強になったでしょ？　将来、女に抱きつかれたときには注意した方がいいですよ。それは悪い女の可能性があります」

「でもおれ女の子だいすき」

「ケイタ」カレンは言った。「あなたって簡単そうですね」

＊

家に帰るとゴンが魚を焼き、食卓を囲んでみんなで食べた。

火の通り加減はちょうどよく、塩味も適度だった。

「うわっ、骨が刺さりました」

食事中、カレンはそう言いながら口の中に指を突っ込んだ。

「やめなよ、汚い」私は言った。

「だって骨が刺さったんですよ？　喉に」

「だからって指でほじくりかえすのはマナーが悪いでしょ」

「別にいいですよね、おじさん」

「構わん」とゴン。

「別にいいですよね、ケイタ」

「ぜんぜんいいよ」とケイタ。

結局、常識的なことを言った私が悪者みたいになった。

ゴンはビールを何杯も飲んだ。ケイタの食べっぷりは実に少年らしいものだった。彼は何匹も魚を食べた。

「おじさん」カレンは指先で喉に閊《つか》えた骨を探りながら言った。「ここでの暮らしはどうですか？しあわせですか？」

なんて残酷な質問だろう。これからそのしあわせを奪わんとする人間が問うこととは思えない。

彼女の目は案の定、笑っていなかった。口の中に指を突っ込んでいる顔は普段の美少女ぶりからは想像もつかない間抜け面だったけれど、ひょっとしたらほんとうは骨なんか刺さっていなくて、わざとああいう顔を向けているだけなのかもしれない。

カレンの質問に対し、ゴンは「見方による」と答えた。

ケイタは「しあわせだよ」と言った。

「なんでそう思うのですか、ケイタ」骨探りをやめたカレンは口の端を吊り上げていたずらな顔をした。彼女はケイタの脇をくすぐった。

「お父さんといられるからですか？」

彼はきゃっきゃっと笑った。「く、くすぐったいからやめろって。もう」

「どうなんです？」

「まあそれもあるかな。母さんが戻ってくればさいこうだけど。このまちも好きだよ。ね、父さん」

ゴン叔父さんはグラスをテーブルに置き、ゆっくりと二、三回頷いた。

「ほらね」

ケイタの顔は綻んだ。まさしくこどもの笑顔だった。

12　第三の復讐（さんにんめ）

復讐を終えたらすぐにまちを出るのが鉄則だったが今回はそうはいかなかった。

「親戚である以上、不自然に付き合いを切ることはできません。そんな怪しいことをしたら感付かれます。ゴンには、この数日間のこと、魔法の本のこと、あの七月二日のこと、ぜんぶわすれてもらいます」

「そして縛られたゴンの第一発見者として通報し、ケイタが戻ってくるまでここで待つ」

「そうです。お金はとりません。証拠になってしまうので」

「念のために確認しておくけど、家の中に防犯カメラとかはないんだよね？」

「一応調べましたがありませんでした。屋外はともかく、屋内にカメラを設置している家なんてほとんどありませんよ。強盗は壊していくに決まってますから。家人が死ねば映像が世に出る恐れもありませんしね」

　そう、私は言った。

　映像が証拠になって捕まるのも心配だったけれど、それ以上にケイタがこの日の惨劇を知ってしまう手段が残らないかどうかが気がかりだった。

「ケイタのこころのケアはわたしが行います」カレンは言った。「必要とあらばダイアリーを使うことにもなるでしょう。虐げられた父親の姿を目にするのはショッキングなことです」

「自分で虐げるくせに、何食わぬ顔でケイタに接してもこころは痛まないの？」

「そんなことで痛むようなこころを抱えていたら」彼女は言った。「復讐などできないのです」


夜、家の前に自転車が停まり、ケイタの友人が彼を呼んだ。ケイタは靴をつっかけて玄関を飛び出していった。私たちは彼が去るのを窓から見届けたあとで手袋を嵌めた。今回は物品を強奪する予定はなかったが、物盗りの犯行に見せるためには部屋を荒らす必要があった。

「カレン、空気砲をちょうだい」

私はインナーベルトを装着しながら言った。

彼女は空気砲を手にしたが、私に渡すのをためらった。

「……リリイ。あなたはほんとうに必要に応じて相手を撃つことができますか？」

「前も言ったけど、暴力はいや。殺しなんてもってのほか」

「だとしたらあなたがこれを持っていても役に立ちません」

「ゴンを脅して言うことを聞かせるためにはそれが必要でしょ」

「よくよく考えてみればあなたが銃を手にしていることが絶対必要ということもないのです。『早撃ちの名手、リリイ・ザ・フラッシャーが銃を持っているかもしれない』、それだけで十分。あなたは銃を持っているふりをしてればいい」

「それじゃなにか起きたときに対処できない」

「リリイ、あなたはどうせ撃たない。なら同じです」カレンは言った。「あなたのことは好きです。でも復讐の協力者としてはいまいち信用できません。目的を遂行するために空気砲を使ってくれないのならわたしが持っていたほうがいいです」

カレンは空気砲を自分の背に隠し、かわりに私にはダイアリーをよこした。

「あなたは今回はそれを。あの男に必要なことを書かせてください。おかしなことしたら隠し持った銃で撃ち抜くとあなたが言えば従わない人間はいません。だれもリリイにはかなわないのですから」

「わかった。あなたの計画あなたの武器、好きにすればいい」私は言った。「でもねカレン、あなたの極端な行動は止めずにはいられないと思うから、それだけはわかってね」

準備を終えると下階に降りていった。カレンが空気砲を構えリビングを覗き込んだ。

彼女が頷いた。準備完了の合図。

私は洗面所に行きブレーカーを落とした。

リビングに行ったとき、ゴンはコーヒーテーブルの前のソファに座っていた。

彼の背後ではカレンが空気砲を構えていた。

「四年前の七月二日のこと、おぼえてますよね？」

カレンはおきまりの文句を言った。

「おまえはてっきり、いまもあの日をわすれたままだと思ってたよ」ゴンが言った。

「ええ、わすれています。でもつい最近、あの日の真実を聞かされることになりました。だからこうしてあなたに銃をつきつけているわけです、おじさん」

ゴンは煙草を吸っていた。暗闇に白い煙が浮いていた。

彼の左手は石造りの灰皿を求めてコーヒーテーブルの上をさまよった。

ようやく探り当てると、それを自分に寄せて灰を落とした。

「勝手に動いてはいけません。灰皿から手を離してください」

「煙草吸ってるだけだろうが」

「いまのところは、でしょ。いつそれで殴りかかってくるかわかったもんじゃない。不意打ちはあなたの得意分野じゃないですか。あの日、父を油断させたのもほかならぬあなただったはず」

「俺は強いぜ。おまえが銃を持ってたってねじ伏《ふ》せられる」

「こっちには銃を持った人間がふたりいるんですよ。どっちかをやればどっちかに撃たれます。ましてわたしの相棒はあの銃の名手です」

彼は口から細く煙を吹いた。

彼のシルエットから伸びる白い筋は縦にとぐろを巻いて、消えた。

「カレン。おまえが生きていると知ったときは驚いたよ。俺たちはあの日、おまえも死んだものと思ってた。だから一命を取り留めたって聞いたときは肝を冷やした。会いに行くまでは口封じが必要だと思っていた」

「わたしがあの日のことをわすれていてよかったですね」

「よかったのはおまえのほうだろう。なにかおぼえていたら今こうしてここに立ってはいなかった」

「ならいまから、やはりきちんと殺しておくべきだったと悔いることになるでしょう」

「俺にはケイタがいる」ゴンは言った。「親のない子にはしたくねえな」

「みっともないですよ」カレンは言った。「父はそんな命乞いはしなかったと思いますがね」

ゴンはカレンの発言を聞いて笑った。

「おまえはほんとになんにもおぼえちゃいねえんだな。兄貴が命乞いをしなかっただって？　あんなに泣き喚いて助けと赦しを求めてただろうが！　娘の前で、不格好にも頭を床にこすりつけながら！」

「黙って」私が言った。「私が何者かは知ってるでしょ。余計なこと言うと耳を撃ち削ぐから」

「リリイ・ザ・フラッシャー」ゴンは言った。「兄貴んとこの地区に住む娘だってことは知ってたよ。まさかカレンが連れてくると言った友人があの有名人だったとはな」

「おじさん」カレンが言った。「わたしはあなたを赦しません。七月二日。あの日を境にわたしの人生は変わってしまいました。あなたには報いを受けてもらいます」

カレンはリビングの床、ゴンの足元に威嚇の一発をぶちこんだ。本気であることを示すために。でもゴンは動じなかった。彼はなにごともなかったように煙草をふかし続けた。

「で？　俺を痛めつけてどうすんだよ。強盗の罪で捕まれば死刑だ、知ってるよな？」

「ご心配なく。あなたは通報できません。この復讐が終わるときにはなにも思い出せなくなります」

私はコーヒーテーブルの上にダイアリーを開いた。

相手が書けるうちに書かせる、それが予め決めた今回の復讐の段取りだった。

万が一、不測の事態が起きた場合でも逃げて本を閉じれば仕切り直せる。

ケイタが予定より早く帰ってくる可能性もあった。準備は万全にしておきたかった。

「まずこの本に書いてもらいたいことがあるの。煙草を捨てて両手をテーブルの上に置いて」私は言った。「言うことを聞いてもらわないと痛い目をみる」

ゴンはゆっくりと口から煙草を抜き、灰皿に押し付けた。

それからコーヒーテーブルの上に両手を広げて、置いた。

従順になっているというよりはこちらの出方を探っているふうだった。

「おじさん、魔法のペンのありかを知っていますか?」カレンが言った。「知っているでしょうが、あのペンはあなたの母、わたしの祖母の宝物だった。わたしはあれを回収したい。正直に吐いてください」

「さあ。知らねえな」

「あなたはまだ反省してないようですね」

カレンは彼の左手の人差し指に空気砲を押し付け、引き金を引いた。

ばん！

空気砲の甲高い反響音が部屋を駆けた。ソファの上のゴンのシルエットが前後に揺れた。苦しみもがいているようだったが、声を漏らすことはなかった。簡単に悲鳴をあげては男がすたると思ったのかもしれない。部屋は暗いので表情は見えなかった。

「あなたの指は一本潰れました」カレンが言った。「何本まで耐えられるでしょうか」

「カレン、暴力はダイアリーに必要なことを書かせてからにして」と私。

「なに言ってるんです、書かせるためにも暴力のこわさを教えておくことは必要なんですよ」

「どうせなら全部潰してくれりゃいい。文字が書けなくなれば助かるな」とゴン。

「そうですか。ならもう一発いきましょう」

ばん！

カレンは次、中指をやったと思う。

暗くて見えないけれど、潰れた指は位置的に人差し指のとなりだった。

「わたしが本気なのはわかりましたか？」

ゴンはまだ耐えていた。左腕は痙攣していた。

「右手はまだ無事です。さ、とりあえず先に書いてください。気を失う前に」

「ひどいことする女になったもんだ」

「おじさん、わたしはあなたを徹底的に苦しめてやりたい。でも罪なきケイタから親を奪いたくもないのです。殺しまではしません。だから質問には答えてください。素直に吐けば拷問は少なくてすみます」

「魔法のペンのありかは知らねえつってるだろ」

「ほんとうに？」

「嘘をつく理由はねえ」ゴンは言った。「あれだけ持ってたって価値がないもんだ。持ってたらさっさと渡してるさ。俺には指のほうが大事だ」

カレンはしばらく考えた。そして「まあいいでしょう」と言った。

おそらく魔法のペンは最後のひとりが持っている。もし棄てていなければ。

「次の質問です。あのときの主犯はどこにいますか？」

「あいつの居場所も知らねえよ。いまはもとの家には住んでねえ。離婚して家を出たって話だ」

「次は親指をいきますよ」

「かっかすんな。幸運にもいまは十月だ。あいつは毎年秋になると山に登るためとある地にコテージを借りてる。たぶん、今年もそこに行ってるだろう」

「コテージの住所は？」

「電話台の引き出しにそこから金を送られたときの封筒が残ってる。送り元の住所が記されてたはずだ。欲しけりゃ持ってけ」

「言われなくても」

カレンはマグライトを出し、電話台の引き出しを探った。目当ての封筒を見つけるとそれをポケットにしまった。

「これが、あの魔法の本か」

ゴンは左手にシャツを巻きながら言った。ぼたぼた床に血が垂れる音は止んだ。

「さ、はやくペンを握って」カレンはゴンに言い、私に向かってマグライトを投げた。「なにを書くか見張っててください。前回みたいにおかしなことを書き込まれないように」

私は頷いた。

「兄貴は結局最後まで俺には見せなかった。現物を目にしたのは初めてだ」

「ダイアリーには触れないで。まずはボールペンだけを握って。あなたは事実のいくつかをわすれなければならない」

そのとき。ゴンの影が私を見上げた。

顔の見えない暗闇で、彼の視線はまっすぐに私の目を刺しているような気がした。

「……リリイ！」

カレンが私を咎めた。呆れと非難が混じった声だった。

彼女がなにに怒ったのか、すぐにはわからなかった。そして理解した時には手遅れ。とんでもないやらかしをしていた。私はマグライトを右手に握っていたのだ。

早撃ちの用意がある人間は決して利き手にものを持たない。

カレンが気付いたようにゴンにも悟られた。彼はわれわれの動揺を見逃さなかった。

ゴンは灰皿を摑むと思い切り身を捩らせ、カレンの顔面に一撃を見舞った。

「ぎゃあああああああああ！」

カレンは床に倒れこんだ。

「リリイ！」彼女は悲鳴混じりに叫んだ。「ダイアリーを！」

私はコーヒーテーブルに飛び込んでダイアリーを確保した。

ゴンは振り返り私を見る。影で動きがわかる。

「二階に！」カレンが叫ぶ。「二階にケースが！」

ゴンはもう一度カレンを殴った。

私はふたりをリビングに残して二階に駆け上がっていった。


落ち着いて。

私は自分に言い聞かせた。

やるべきことはわかっている。

ダイアリーを奪われそうになったらどう行動するか。

これまでふたりで何度も確認してきた。

＊

私がリビングに戻ったときには形勢が逆転していた。

暗い部屋の中で彼女はソファに座り、ゴンがその背後で空気砲を構えていた。

「この女の命が惜しければ魔法の本をよこせ」と彼は言った。

私はブリーフケースをそっと床に置いた。

「魔法の本はこの中に入れてある。でも開けるには私が設定した六桁の暗証番号が必要。強引にこじ開ければケースは爆発する」

「ならおまえに吐かせるまでだ」

「それは無理。わすれちゃったから。ロックを閉じる前に本を使ったの。私は六桁の数字をおぼえてない。拷問されても吐けない」

「おまえらがこれを開ける方法はあるはずだ」

「いいえ、ないの。私たちは魔法の本を放棄した。使えなくなる代わりに奪われることも許さない。あなたに使われるくらいなら焼失したほうがずっとまし」

「そんな間抜けな言い逃れを俺が信じると思うか」

「信じようが信じまいがどっちでもいいけど」

「両手を上げろ」ゴンは私に空気砲を向けて近づいてきた。「おかしなまねするなよ」

彼は私の体のありとあらゆる部分を探った。触り方は事務的であり、性的でもあった。

「ほら、あった」

ゴンは私のワンピースの裾をめくり上げて、インナーベルトを摑んだ。からだに腕を回し、それを外した。そんなふうに抱きつかれたり、下着を見られたり、からだを触られたりしても羞恥心はなかった。

私が考えていたのはカレンを助けることだけ。

彼女はうなだれていた。顔は見えなかったが、影の様子から額が腫れ上がっているのがわかった。

ゴンはインナーベルトを調べ、おかしな感触のある部位を探り当てた。

そこを破り中から紙片を取り出すと、床に落ちていたマグライトを拾い上げて照らした。

「やっぱりな」と彼は言った。「わすれたにしても思い出せるように仕込みをしてるはずなんだよ。わかりきったことだ」

ゴンは紙片の六桁の番号を読み上げた。

「246378」

それから彼は私に「おまえがこのケースを開けろ」と言った。

これは少々予想外だった。でも問題ない。

実は紙片に書かれているのは嘘の番号で、あれでロックを外そうとすると取手に電流が流れる仕組み。口頭で嘘の番号を教えたらまず警戒されるだろうからと、わすれたふりをして奴に番号を探させるところまでが計算だった。これはうまくいった。

自分で開けようとしないのは予想外だったけど、まだ予防線は張ってある。私は本当の番号をわすれていない。ちゃんとおぼえている。だからケースを開けろと言われれば本当の番号を入力して開けることもできる。

そしてケースの中に入っているのは偽物のダイアリー。本物はもう一つのケースにしまって二階に隠してある。ゴンはきょう初めてダイアリーを、それもこんな暗闇で、目にした。偽かどうかを見た目で判別できるはずはない。本物であることを確かめるには自分自身でテストしなくてはならない。私たちにテストさせてもわすれたふりをする可能性があるからだ。つまり彼がダイアリーを手にして、それを本物だと確認するまでは時間を稼げるはず。

ゴンは私の背後に立ち、開ける様子を観察している。ケースにダイアリーが入ってることを確認した瞬間に撃たれるのは困るな、と思った。それがなにより心配だった。相手の手に本物が渡らないにせよ、死にたくはないもの。

私はゴンに見られないように真の暗証番号を入力し、ケースを開けた。幸いにも撃たれることはなかった。

彼はダイアリーを手に取ると、ぱらぱらとページを繰った。どのページにもいろんな筆跡でそれっぽいことが書かれている。ばれたりはしないはず。真偽をたしかめるためには、テストをする必要があり、テストをするときにはボールペンを持つ必要がある。その瞬間には、かならず彼の注意は削がれる。

私も、カレンも、その瞬間をこそ狙っている。


ところがだ、またしても予想外なことが起きた。

「これは偽物だな」とゴンが言ったのだ。

「……なに言ってるの？　本物だけど。試してみれば」

私はそう言うのが精一杯だった。

「指が吹っ飛んだ時の血がどこにも付いてねえ」

なるほど。そういうことか。たしかにあれはカレンの失策だった。あんなにダイアリーに近いところで指を飛ばす必要はなかった。そもそも本格的な拷問は必要なことを書かせてからという段取りだったはず。彼女が怒りに冷静さを失った結果がこれ。

「最後の忠告だ。本物を持ってこい」空気砲がこちらを向いていた。

もう為す術はなかった。カレンが悪いわけじゃない。もとはといえば右手でマグライトを持った私のせい。あれがなければうまくいっていた。

本物を引き渡したら私たちのいのちは助けてもらえるだろうか。ダイアリーで記憶を消せることを考慮すれば、ありえないことでもないとは思う。しかし現実問題、それは期待できないだろう。カレンは彼の左手を壊した。その怒りは簡単に鎮まりはしないはず。まして相手はすでに肉親さえ殺したことのある人間。私たちの死なんて気にかけない。

万策尽きた私は床を見つめるばかりだった。

拷問はいやだ。痛い想いをするのも。

できれば穏やかに、楽に逝きたい。カレンにも苦しんでほしくはない。


そのとき。

玄関で鍵を開ける音がした。

「ただいまー」

ケイタが帰ってきたのだ。予定よりもずいぶん早かった。

「……父さーん、……寝てるのー？」

彼は階段に向けて呼びかけていた。まもなくリビングにやってくるだろう。電気が点いていないから不思議に思っているのかもしれない。スイッチをぱちぱち切り替える音とそのあとなにかをぼやくのが聞こえた。

リビングのドアに嵌められたすりガラスの向こうで、ケイタが玄関に常備された非常用の懐中電灯を点けるのがわかった。照明を持った少年はこちらに近づいてくる。

「……たーだーい……」

彼は暗いリビングを見て言葉を呑み込んだ。ライトに照らされた床には血が滲んでいる。

「おかえり」

「わ！」

ゴンは背に空気砲を隠しケイタに声をかけた。暗闇からの突然の声に少年は驚いたようだった。

「父さん！　びっくりさせないでよ、もう！　……ねえ、どうして電気つかないの？」

やがて懐中電灯の光は私の顔を照らした。ケイタが固まるのがわかった。

「……なにがあったの？」

ケイタは父親に問いかけた。

「おまえは外に行っていろ」とゴンは言った。

ケイタのその質問には私よりもゴンの方が驚いただろう。

「……カレンちゃんは？」

振り向けばソファの上にカレンの姿はなかった。

そして次の瞬間。

「うああああああああああああ！」

暗闇の死角を回って、カレンは雄叫びをあげながらゴンに飛びかかっていった。

息子をかばったゴンはカレンの突進を受けて床に倒れた。彼女は手に持った灰皿でゴンの顔面を叩いた。

「うわああああああ！　父さん！　父さんっ！」ケイタは悲鳴をあげた。

「あなたが、あなたが父を殺した！　あなたがわたしの父を殺した！」

カレンはケイタの前でゴンに向けて叫び、殴り続けた。

「やめてよっ！　なんで父さんをっ！」

今度はケイタがカレンに飛びかかったが、彼女はその少年を灰皿で殴り、押し除《の》けた。ケイタは短く呻いた。

「てめえっ！」

ゴンはカレンの髪を引っ張り、からだをひっくり返して上位を取ろうとした。

彼女はもみ合いのなかでゴンが背に隠した空気砲を掠め、私に向け投げた。

「リリイ！」

ごとん。

床に空気砲が落ちる音を聞いて、ゴンははっとしたようだった。

「父さん、父さん逃げて！　あああ！」ケイタの叫び。「やめてっ！　父さんを撃たないで！」

「リリイ！　撃って！」

「逃げて父さん！　父さんっ！　ああああああああああ！　ぅわああああああああああ！」

「リリイ！」カレンは叫んだ。「撃って、撃って！」


その瞬間、暗い部屋のまんなかで私が考えていたことはいくつかあったと思う。

少年の前で親を殺すというのがどういうことかということ。

引き金を引かないとだれかが殺されてしまうということ。

あとでだれかの記憶を消せばきょうの日の惨劇が消えるだろうかということ。

それは難しいだろうなということ。

私は空気砲を拾うと同時に引き金を引いた。

灰皿を振りかざしたゴンの頭から血が吹いたのがわかった。

鈍い動きののち、支える意志を奪われたからだは横に倒れた。

「あああああああああ！　わあああっ、うわあああああああ」

ケイタはゴンの足元にすがりつき泣いた。

血をかぶったカレンは、仰向けのままぜいぜいと息を吐いていた。

私は足元に空気砲を落とした。


ひとを殺すのはあの日以来だった。

＊

ひととおりの整理と工作を終えたあと、家の電話で通報した。

相手が出てもなにもしゃべらなかった。繋がるだけでいい。異変に気付けば人が来るはず。

ケイタにはダイアリーに必要なことを書かせ、だれかが来るまでの時間を外で待たせた。

私たちは十分に彼から離れたあとでダイアリーを閉じた。少年はこの三日間のことをわすれた。

あのままあそこで待ち続けていれば、父親の遺体を見ずに済むだろう。駆けつけた人間はこどもに配慮する。悲惨な現場を目にしてトラウマに悩まされることもないはず。

彼の父は消えた。

その事実はどんなふうに彼に馴染むのだろうか。わけもわからぬうちに父を奪われても孤独は感じることになるに違いない。実際カレンは、真実を知るにいたるまでの期間もずっと孤独だった。彼のもとに父親が戻ってくることはもうない。トラウマを消してあげたというだけで、彼に悲劇をもたらした事実が帳消しになることなどありえないのだ。


私たちはハリケーンで安全圏まで離れ、適当なモーテルを探し、入った。

カレンがシャワーを浴びているあいだ、私は近所の薬局で薬や包帯を買った。

「時間外なんだけどね」対応した店主は不機嫌そうだった。

「ごめんなさい。でも友達が大怪我してて」

「ふうん。まあいいよ。でも閉店後にシャッターを叩くのはよろしくないな。強盗だと思っちまう。お嬢ちゃん、美少女じゃなかったら撃たれたっておかしくなかったよ」

店主はかさかさの手で品を袋に詰めていた。

「顔がかわいいって得ですね」

彼は首を振り、袋を私に渡しながら言った。

「自分で言うことかね」


モーテルに戻ってからは小さなベッドでカレンの顔に包帯を巻いてあげた。

「顔に包帯を巻く美少女も悪くないよ。ミステリアスで」と私は言ったが、その出来の悪い冗談は、場をなごますための役には立たなかった。

寝る段になってもフットライトは消さなかった。暗い部屋はあのリビングを思い出させる。

「人を撃ったことを後悔していますか?」

横になったカレンが訊いた。

「わかんない」私は言った。「すくなくともあのときはああするのが正しいと判断したんだと思う」

「わたしのせいです。ごめんなさい」

「どっちが悪いとかじゃない。しかたなかった」

カレンは起き上がって、部屋の壁を見つめた。

グレーの壁は色あせていて、あの暗闇の中で見た煙草の煙くらい白かった。

「きょうのこと、わすれませんか」カレンは言った。「おぼえたままでおくにはあまりにつらい思い出です。ゴンを葬ったことでなく、ケイタを傷つけてしまったことが」

私は考えた。

「殺しをわすれようってこと?」

「簡単に言えばそうです。ああいうのはだれも望んでいない事態でした。あれを抱えたまま前に進むのはつらいことです」

「殺しをわすれる」私は言った。「エマがカレンに対してやったことと一緒だけど」

「彼女は悪い人間です。わたしたちはそれほどでもありません」

「ケイタにとってもそう？」

「彼はわたしたちが父親を殺す瞬間のことをおぼえていません」

「ケイタがあのシーンをわすれようが、私たちがわすれようが、彼に父親は戻ってこない。意味の無いことに思える。ただただ罪の意識から逃れて楽をするのってあまりにも自分勝手」

「復讐とは勝手なものですよ」カレンは言った。「いつだって」

「また詭弁」

「ケイタはいずれわたしが助けます。彼の成長のちからになります。親戚ですし、彼にはなんの私怨もありませんから。でもきょうのことを記憶に留めていては今後ふつうに接するのも難しい」

「そんなのカレンの都合でしょ」

「ええ。わたしの都合です。だからダイアリーの魔法を使って合理的に記憶と感情を整理したいのです。いけませんか？　そもそもこの魔法は事実とこころの結びつきを弱めるためにこそ利用されていたものですよ」

「かもしれないけど」

「わたしは逃れたいのです、事実から。そして逃げたいと思う自分を隠したいと思わない程度には賢く勇気のある女です」

彼女はブリーフケースのロックを外し、中からダイアリーを取り出した。

開いたページにはゴンの血が滲んでいた。

彼女はボールペンで『N5年10月7日、特に3人目への復讐が成功したこと』と書き込んだ。

「これできょうの記憶が消えても、見返したときに復讐を遂げたことだけは確認できます。四人目の住所が記された封筒も回収できましたしね」

そしてカレンは私に本を差し出した。

「さ、リリイ。あなたも」

私は悩んだが書いた。らんぼうな字で、さっと。

「よし。じゃあ閉じますよ、いいですね」カレンは言った。

「きょうをわすれ、明日へと向かいましょう。わたしたちにはすべきことがあるのです」


でも私が実際に書き込んだのはきょうの日付じゃなかった。

書いたのは『N5年10月1日』という文字列。

7と1は字面が似ているからカレンは気付かなかったみたい。

やはり私にはきょうという日をわすれるのが正しいとはどうしたって思えなかった。

人を殺め、そのまわりのひとを傷つけたという事実をなくせれば楽にだってなれるだろう。

いずれ旅が終わったらそうするつもりだ。でも、わすれるのはいまじゃないと思った。

事実は決して消えない。ケイタのもとにゴンは戻ってこない。記憶が消えたところでなかったことにはならない。それがこの世界の救いでもあり、残酷さでもある。

私はきょう、また人の命を奪った。その事実を、少なくともいまは、わすれるつもりはなかった。旅が終わるまではこころの重荷を背負っていなければならないと思った。

もちろん、カレンの前ではわすれたふりをするだろうけども。


きょうという日のかわりに犠牲になる十月一日はすてきな日だった。女の子らしい一日をカレンと謳歌した日。


書き込みを拒絶することだってできた。

でも私は、そうはしなかった。

ささやかな反発心が、複雑な想いが、私にあの日を選ばせたのだと思う。

十月一日。故郷での最後の日。

いま思い出すと、むなしくて、さみしくて、つらい。


カレンはダイアリーを持っている。あれを閉じたら記憶は消える。

さようなら、私の十月一日。

そしてもう戻ってはこないだろう。

カレンはダイアリーを閉じた。ぱたん、と音が立った。

彼女のうしろにあるグレーの壁は色あせていて、それはやはり、きょう見た煙草の煙を私に思い出させた。

13　オレンジ

ゴンへの復讐を果たした次の日はリフレッシュのための休息にあてることにした。まちに出て互いに好きなことをする。

集合時間は午後三時と定められた。

「ほれまではべふになにをしへへも構いまふぇんよ」

カレンは歯ブラシを口の中で動かしながら言った。

チェックアウト前のモーテル。テレビは朝のウェザーリポート。しばらく大きな天気の崩れはないらしい。バイクでの移動だと、毎日天気予報が気になってしかたがない。

「ふぉんやに行くのもよひ、ようふふやに行くのもよひ、けひきをながめるのもよひ、ベンフィで寝るのもよひ。ふぁんにちじゆうです。はねを伸ばひてくらさい」

「カレン、あなたはどうするの？」

彼女は口をゆすぎ、口元をハンドタオルで拭った。

「……んん、特に決めていません。リリイは？」

「うーん」私は言った。「すぐには思い浮かばないな」

「行きたいところがあればハリケーンで送ってあげてもいいです」

「カレンについていこうかな。このまちのこと、よく知らないし」

「えっ」カレンはあからさまに嫌そうな声を出した。「せっかくのリフレッシュですよ。いつも一緒にいるから息が詰まるかと思ったのに、この時間まで一緒にいるつもりですか？」

「言ってみただけ。べつについて回らないよ」

「とうぜんです」

私はぱらぱらと小説のページをめくりながら考えた。

この本は何度か読んだことがあるらしい。面白い。でもなんとなく馴染みがある気もする。カレンの話によれば私はダイアリーでこの物語の記憶を消したことがあるようだ。

優れたエンターテイメントに新鮮な気持ちで何度も触れられるというのはすばらしいこと。ひょっとしたら、ダイアリーの最も効果的な使い方かもしれない。

「ピアノのコンサートに行きたいな」私は言った。「どっかやってそうなところがあれば」

「それなら送りますよ」カレンは言った。「大きなホールを知っています。きっと演奏会を開いているでしょう」


チェックアウトが済むと、私とカレンはハリケーンにまたがり、まちを駆けた。

彼女は相変わらず運転中にイヤホンで音楽を聴いていた。

どんな曲を聴いているのか知りたいと思った。

私たちは互いのことを知っているようで知らない。

壁を作ってる意識はない、カレンだってそうだろう。

でもふたりして自己表現が苦手なのか、自分のことを積極的には語りたがらなかった。

「送ってくれてありがと」ホールの前で降りた私は礼を言った。「じゃあ三時に」

ハリケーンに跨がりながら、カレンは金色の髪をくるくる指に巻きつけて劇場の門を眺めていた。

「大昔、父がまだ生きてたころ、わたしもよくこういうところに連れて来てもらってました」

「奇遇。私も。父と母と三人で」

「育ちがよかったですもんね、わたしたち」

彼女はキーを捻ってエンジンを切った。

「わたしも聴いていこうかな」

「えっ」今度は私が言った。「リフレッシュだからって一緒にいるのを嫌がったのはそっちじゃん」

「気が変わりました。それにふたりでいるからリフレッシュできないということもありません」

「まあね」

「わたしがいたらいやですか」

「まさか」

「ならきまりですね」カレンは笑った。

これじゃ結局いつもと変わらないなと思った。

けれど、彼女が私と過ごすことにしてくれたのは正直言ってうれしかった。

掲示板にはピアノのコンサートの曲目が書かれたポスターがあった。

半分は知ってる曲で、半分は知らない曲だった。

だけど予想外のことも起きた。コンサート会場の入り口ではボディチェックをやっていた。空気砲を持っていたら入ることはできない。

「しょうがないですね。わたしはここで待ってますよ。リリイだけでも行ってきてください」

彼女は未練なさげに買ったばかりのチケットを破いた。

それが彼女なりの気遣いであることは私にだってわかった。

だから「私もいいや」と言って自分のぶんのチケットを捨てた。

「最近野性的な暮らしをしていたせいか、こういう上品なとこにはもう馴染めそうにないし」

「無理しちゃって」とカレンは言った。

私たちは適当な場所にハリケーンを停めて、まちを歩いた。

おしゃれな服を売っている店に入った。ふたりで何着か試着し、見せ合った。結局それは買わなかった。楽器屋に行ってピアノを見た。あわよくば弾かせてもらおうとした。でも店主は私がピアノに触るのを許してくれなかった。気持ちは理解できた。美少女とはいえ、旅でくたびれた身なりの人間に高級な商品を触らせたくはないだろう。カレンは、まあこういうこともありますよ、と言った。

景色とともに何枚か自分たちの写真を撮った。途中のカメラ屋ではこれまでに撮り溜めたフィルムを現像してもらった。意外と厚みのある写真の束になって戻ってきたので驚いた。気に入った写真は焼き増しを頼んだ。待っているあいだ、カレンはずっと退屈そうだったけれど、なんだかんだ付き合ってくれた。

そのあとパン屋でパンを買い、カフェでコーヒーを買った。

近くの大学の構内にはいり、広場でやっていた音楽サークルの演奏を聴いた。

曲が終わるたび、まわりのひとたちとともに手を叩き、口笛を吹いた。

ステージで踊る男子たちの姿をみて笑い声をあげた。

安上がりな休日だった。

夜七時。

中継の宿に着いてから、まちでカレンに隠れて購入したケーキをリュックから取り出した。

「これ、誕生日の。十日くらい遅れちゃったけど」

バイクの揺れのせいでケーキはぐちゃぐちゃになっていた。保冷剤は冷たくなくなっていた。

でもカレンはよろこんでくれた。

「うれしいです」彼女は言った。「ここ数年、だれからも祝ってもらえてなかったから」

「来年からは私が祝ってあげるよ」

「かたちの崩れていないケーキで」

「ひやひやのやつで」

私はその日現像した写真の一枚を彼女にあげた。病院の駐車場前の芝生でふたりが寝転びながら撮った写真だった。

「いい画でしょ。焼き増ししてもらったの」

写真のなかで私たちは笑っていた。

カレンは「わたしの写りがあまりよくないですね」と言った。「気に入らないです」

「写りがよくないっていうか、実物もそんなもんだよ」

「失礼な」

「私からのプレゼント。大切にしてね」

「すぐ捨てますよ」


ベッドサイドテーブルをまんなかに移動させ、ケーキの上に十六本のろうそくを立てた。

それから部屋の電気を消した。

暗闇の中に、十六のオレンジ色の灯。

カレンはすぐにはそれを吹き消さなかった。

彼女と私は体育すわりでベッドにもたれ、ケーキの上で揺れる火を見つめた。

「なごみますね」

「なごむね」

「ねむくなりますね」

「ねむいね」

カレンは膝に顎を乗せた。そして、わたしももう十六なのですね、と言った。

「歳をとるのはいや？」

「若さを失っていい気分はしません。でもこの国での誕生日はめでたいものです。十六を迎えられなかった少年少女はたくさんいますから」

「そうだね」と私は言った。脳裏に妹の姿が蘇った。「私もあともうすこしで十六」

「わたしのほうが年上ですね」

「四週間だけね」

彼女は笑った。

「父が生きていたらよろこんでくれたと思います。わたしの成長をだれより楽しみにしてました」

それはうちも同じだった。父親も母親も私の将来に期待してくれていた。

ふたり並んで眺める誕生日のケーキはせつなさがいっぱいだった。

ふっ。

カレンは火を吹き消した。

「リリイ、ほんとうにありがとう。あなたがパートナーでよかった」

彼女は暗闇の中で言った。

「だからがんばりましょう。次の一件が最後です。わたしから父を奪った悪党への復讐にちからを貸してください」

わかったよ、と私は言った。

＊

平和な休息日の翌朝はけんかから始まった。

理由は単純。カレンの好物のキャンディが底を突いたから。最後の一個を食べたのは私だった。

「どうして勝手に食べますかね」彼女は言った。「そういう無神経なとこ、理解に苦しみます」

「だってそんな大事なものだとは思わなかったから」

「たかが飴でしょ」

「食べ物の恨みは怖いんですよ、知りませんでしたか」

「そんなことでいらいらしないでよ、めんどうくさい」

「そっちが原因なのになに言ってるんですか。信じられない」

「だーかーらー、たかが飴じゃない」

「たかが？」カレンは首を振った。「無理。こういうひと、やっていけません」

「買ってあげるって。買えばいいんでしょ」

「買うお金なんてあるんです、腐るくらいに。問題は舐めたいときに舐められない苦痛です」

「私も悪いけどさ、そんなに大事なものならもっとちゃんと管理しておけばいいじゃん」

「はあ？　なんでひとのせいにするんですか、話になりません」

カレンは私の横を通り過ぎてハリケーンに乗った。

「もうしばらく会話したくありません。話しかけないでください」

「こっちの台詞」


こんな感じで、一日の始まりは最悪だった。

けんかするにしたってもうすこしましな理由はいくらでもある気がした。キャンディが原因で揉めるなんてくだらない。こんなときこそダイアリーで怒りをわすれてくれたらいいのに。あるいは飴を舐められないストレスを。

次のまちにいた女性アンネが社交的であったのは救いだ。彼女がいなかったなら、私とカレンの仲はもっとぎくしゃくしただろう。

14　アンネ

「ここでは建物にも名前が付いているんですよ。かわいい小屋にかわいい名前。私が言うのもなんですが魅力がいっぱいの地です。きっとおふたりも気に入ってくれると思います」

敷地内、小屋と小屋のあいだの小径を通りながらアンネは言った。

彼女は学年で言えば私たちよりひとつ上なのに、まるで年下のように謙虚だった。

「たとえばこの小屋の名はニューロ。あっちのはヴェルデン。むこうのはロイネミューオリンク」

「ロ、ロイネ、ミュ……、ロイオミュ……」滑舌が悪い私には復唱できなかった。

「ややこしい名前ですね」カレンは言った。「どうして家に名前なんか」

「あら。人間だけが名を必要とするわけじゃありませんよ。そうですねー。ほら、たとえばペットにだって名前がつくじゃないですか」

栗色の髪のアンネは私たちと違って明朗だった。クラスのみんなに好かれるタイプだと思った。

「ペットは名を呼べば来ますよね」カレンは言った。「でも小屋は名前を呼んでも来ない」

「なんていうのかな、たぶん、こういうのは感情の問題なんですよね。愛着心に絡むと言いましょうか」アンネは言った。「カレンさんはちょっとドライなかたなんですね」

「ドライではありません。合理的であろうとしているだけ」

いくらかつっこみたいところがあったけど、まだほうっておいた。仲直りも済んでいないし。

私たちは低木を掻き分けながらアンネのあとをついていった。

彼女はツアーガイドさながら、歩きながら話すことをやめなかった。

「ほら、向こうにアルトホーネシュベンツが見えてきましたよ」

彼女が指差す先には小さな小屋があった。

「ア、アルトホーシュ、シュシュベ……」

「あれがわたしたちの宿ですか？」

「いえあれは違いますね。あれの三つむこうにあるのがおふたりの宿ですよ」

「ならなんで言ったんですか」カレンはため息をついた。「いちいちそんな複雑な名前教えられても困っちゃうのですが」

「親戚のこどもを想像してください。名前が複雑だからという理由で紹介を省くことはできません」

「小屋は親戚のこどもじゃない、というのがわたしの見解なわけで」

「ここでは家も家族みたいなものなんです。それぞれ愛情をもって手入れしてます。私にとっては一戸一戸がこどもみたいなものです」

「その理屈はわからないでもありませんが、こんなにも変わった名前をつける理由はどこにも――」

「あ、あれがモンクレッラレルラロッサです」アンネは次の小屋を指し、言った。「チャーミングな外観でしょう?」

「モ、モンクレ、クレッ、レラララレ……」

「嫌がらせみたいなネーミング」カレンは言った。「舌を嚙ませようとしてるとしか思えません」

「モンクレッラレルラロッサは比較的新しい小屋なんです。一昨年に建ったばかりで中はまだぴかぴか。トイレはローズのいい香り、私のこだわりの匂いなんです」

「で、そのモンクレなんとかがわたしたちの宿ですか?」

「いいえ宿はあとふたつ向こうです。さっき言いませんでしたっけ」

「言いましたね」カレンは首を振りながら言った。「ええ、言っていましたよ」

「アンネがぜんぶメンテナンスしてるの?」私は訊いた。

「ひとりというわけではありません。用務員もいます」アンネは言った。「年度末に一度は業者を入れたりもしますが、それ以外の時期は基本的に私たちがまもってますよ」

「小屋は全部で何棟あるんだっけ」

「十六です」アンネは言った。「十六。それ以上増えることも減ることもありません。十六というのはこの地域では縁起のいい数字なんです。多くの習慣や風習はそのナンバーにあやかっています。一昨年、モンクレッラレルラロッサを建てるときには、まず老朽化したグンストエルムマッジオーニを壊してから建てました。小屋の数は常に十六をキープしているんです」

「グ、グンストエルマ、マッ、マジョ……」

「私は来月には十七になります」アンネは言った。「だから十六の祝福に包まれていられるのもあと一ヶ月くらい。残念なことですがしかたありません。生きていれば歳をとります。人生で最も美しく輝く年齢、十六歳。のこりの期間をたっぷり謳歌しなくっちゃ」

十六。人生でもっとも美しく輝く年齢。

カレンは先月十六になり、私は今月十六になる。そしてアンネは来月十六でなくなる。

「あ、見てください。最後のふたつの建物が見えてきましたよ」

敷地の西端にはふたつの小屋が建っていた。

仲の良いくたびれたつがいのような、どこか老夫婦を思わせる小屋たちだった。

「右にあるのがムツアンチェッツァシスコフランコです。ここにある小屋の中で一番の古株です。祖父の代から大事に育てられてきた小屋なんです」

「……」

「……こう言ってはなんですが」カレンは言った。「ひどい名前ですね」

「十六棟のうち、私が自分で名を付けたのは一棟だけで、他は全部祖父や父の命名なんですよ。私だっておぼえるまでに苦労しました」

「で、わたしたちはあのムツアンなんたらっていう一番古い小屋に寝泊まりしろと、そういうことでいいんですね?」

「いいえ。おふたりに泊まっていただくのはその隣の小屋。二番目の古株です」

「やっぱり古いやつなんだ」

「ごめんなさい。他所者を泊めるときには西の小屋から、っていうのが代々伝わるルールなんです」

「べつにいいの、不便さには慣れてるもの。屋根があって壁があれば十分」私は肩から荷物を下ろした。「で、この小屋の名前は？」

「ピケです」

「……ピケ？」私は初めて小屋の名前を言えた。

「……ちょっと名前が簡単すぎませんか」カレンは言った。「なんだか拍子抜けというか……不安」

「別に名前が複雑じゃなきゃいけないなんてルールはありません。簡単じゃいけないって理由も」

「そりゃそうだろうけど」と私。

「ピケ。かわいい名前ですよね。私はピケが大好きです」

「ほんとうにピケだけですか？　省略形とかじゃないんですか？」とカレン。

「ええ。この小屋はピケ。他に名前はありません」

「……ピケ」私はもう一度言った。

「ピケ」アンネは言った。

＊

アンネはアウトドアレジャーのためのコテージ経営を生業にしていた。

彼女は私やカレンと違って、根からの明るさとポジティヴさを持って生きていた。はつらつとした笑顔を見れば、いかに良い環境で育ってきたのかがわかる気がする。

「でも怖くないの？　こんなにたくさん小屋を持ってて」

「なにがです？」

「ほら。泥棒とか、強盗とか」

「幸運にも強盗はこんな僻地までは来ないみたいです。大したものがないとわかってる山小屋を狙う泥棒もいません。悪党に殺された祖先もいないので、ここの土地は平和だと感じています。テレビで見るよその場所はここことはだいぶ状況が違うようですから」

「他人に親を殺されずに済むというのはすてきなことです」とカレン。

「ほんとに」と私。

「みたいですね」とアンネ。「この国はひどいことになっていると聞きます。私はずいぶん恵まれているほうだと思います。両親はふたりとも病死しましたが、おわりは穏やかなものでした。母は十年前、父は三年前、小屋の中で親戚や友人に囲まれながらこの世を去ったんです。死はかなしいことですがそれを避けることができないことを想えばすてきな最期だったと思います」

彼女は肩をすくめ、眉を下げ、口に笑みを浮かべた。

「ここは一年中混んでるの？」

「混むのはこれから始まる二、三ヶ月です。ちょうどアウトドアシーズンですから。レジャー目的のお客さんが滞在します。短期だったり長期だったり。もちろん通年で小屋を借りる人もいます。冬には近くの山でスキーができますし、春の登山は秋にはない魅力がありますから。四季があるのはいいことです」

「そのとおり。四季があることだけがこの国の救い」カレンが言った。「四季がなかったら過去のあらゆる思い出の整理は難しくなるでしょう」

アンネはカレンの方を向き、訊いた。

「なにか季節に関連した特別な思い出があるんですか？」

質問する彼女の瞳には好奇の色があった。すてきな思い出話を聞けるとでも思ったのかもしれない。

「ええ。あったみたいです。うだるような暑い夏の年、あの四年前の七月に」カレンは言った。「でもそれについて語るには及びません。この国ではよくある話です」

＊

昼食は敷地の中央にある小屋に用意された。

アンネは食堂の小屋の名前を教えてくれたがおぼえられなかった。おぼえる気もなかった。

「レジャーが目的でここに来たのならサイクリングなんかおすすめですよ」

コーンスープを飲む私たちにアンネは言った。

「自転車はここを出てまっすぐ南に進んだところにあるチェリニーナとミンサブツルンに挟まれた十字路を右に曲がった先にあるベネレムブエナという小屋に格納されています」

「いろいろとひどい。ややこしい」と私。

「これが地図です」

「最初から地図を見せてくれると助かるんだけどな」

「次から気をつけます」

「私たちふたりして頭の出来がよくないから難しいことはおぼえられないの」

かしゃん、かしゃん。

シャッターを切る音がして、私は窓の外を見た。ひとりの男が山の写真を撮っていた。

彼は「ビールドビール」という表札のかかった小屋から出てきた宿泊客のようだった。小屋のドアは半開きになっていて、その手前のステップには三脚やレンズが置かれていた。

カメラみたいな趣味を持っていると、どうしてもほかのひとの写真の撮り方が気になってしまう。私はそれとなく男のことを観察した。彼は眼鏡をかけていて、どこにでもいる普通の大人に見えた。やがて撮るのに飽きたのか、彼はカメラを首から下げて私たちのいる食堂に入ってきた。

「おつかれさまです」アンネはその客を出迎えた。「いまランチをご用意しますね」

まもなくして私はカレンもその男を凝視していることに気付いた。

彼が私たちの視線に気付いたかどうかはわからない。しかし食堂に先客がいたことにばつの悪さを感じたのはたしかなよう。彼は隅に設置されたウォータークーラーから一杯の水を取ると、アンネのランチの準備を待たずに食堂を出て行った。

　カレンはまた、なにごともなかったような顔でスープをすすった。

「とにかくサイクリングはおすすめです。ここは絶景スポットだらけですから」とアンネ。

「でもわたしたちはけんか中だからサイクリングなんかしません」とカレン。

「え、けんか中なんですか」

「そう、リリイが勝手にひとのものを食べるから」

「カレンってすごく小さなことにこだわるの、もうめんどうくさくって」

「でもけんか中だからこそ、サイクリングみたいなリフレッシュっていいと思うんですよね」

「そもそもわたしは自転車になんか乗りません。移動にはハリケーンを使います」

「なんですか、ハリケーンって？」

「彼女の愛車の名前」ここぞとばかりに言ってやった。

　嬉々とする私の様子を見て、カレンは自分の失態に気付いたようだった。

「へえ」アンネは言った。「ハリケーンは名前を呼んだらここに来たりするんでしょうか？」

＊

　カレンは拗ねてしまったので私はアンネとサイクリングした。アンネはミルルップに乗って、私はクロスコに乗った。彼女は自転車にまで名前を付けていた。もう驚かなかった。

ふたつの自転車はまったく同じ形をしていた。違うのはカラーリングだけ。彼女のがピンク色で、私のはブルーとグリーンのあいだみたいな色だった。


坂道では車輪がすごいスピードで回った。自転車は車輪と連動してペダルがぐるぐる回る造りだった。私はその回転に巻き込まれないように脚をおおきく開くのに必死だった。

「気持ちいいでしょう？　きょうみたいな天気の良い日は最高です！」アンネは言った。「もう少し下ると山の合間から海が見えるんですよ。そりゃもう絶景なんですから」

私はぐっとブレーキを握りしめていた。景色を楽しむ余裕はなかった。

後輪がギュインギュイン擦れる音、それからゴムの溶ける匂い。

こんな危険なレジャーっていやだな、という想いが頭の中を占め始めていた。

「ほらっ、あれ、あれです。見えてきましたよ！」

彼女が指差した先にはたしかに海があった。

ふたつの山の輪郭と水平線に切り取られた青く美しい三角形。

でもなによりも驚いたのは彼女が右手を放して運転してるってこと。なんて命知らずなんだろう。

「リリイさん、もしかして怖いんですか？」

がちがちにハンドルを握る私をアンネは笑った。

「リラックスしましょうよー。大丈夫ですって！　自転車でどっかに突っ込んだくらいじゃ人は死にません」

彼女のアドバイスは明らかに間違っていた。

突っ込んだ場所次第で人は死ぬ。いくら私でもそのくらいのことはわかる。

「……べつに怖くなんかない」

「ですよね。リリイ・ザ・フラッシャーですもんね」

「……気付いてたの？」

「この国の若者であなたを知らない人はいません」

それは誇らしいというよりはむしろ奇妙なことに感じられた。

自分が知らない人が自分を知っている……。

「リリイさん、ブレーキ効かせすぎです。クロスコが壊れちゃいます。もっと解放して」

私は聞こえないふりをした。

きれいな景色より、風を切る爽快感より、かわいいアンネの後ろ姿よりも私の関心を引いたのは、こんなに長い距離下っちゃって帰りはいったいどうやって上に戻るんだろうという謎だった。

「たらたらしているとおいていきますよ」

「ねえ」私は訊いた。「帰りはどうなるの？　上にどうやって戻るの？」

「決まってるじゃないですか」アンネは言った。「押すんですよ自転車を。で、この道を戻って小屋に帰ります」

「戻ろう」私は両手でブレーキレバーを摑んだ。「いますぐ戻ろう」

振り返ったアンネは自転車に跨がったまま呆れ顔で私を見ていた。「リリイさんにはレジャーにつきものの不自由さを楽しむ心意気ってもんがないんですかね」と彼女は言った。

私たちは一時間かけて坂道を引き返した。敷地内に戻ったときは全身汗だくだった。

一方のアンネは涼しい顔をしていた。彼女はこういう運動に慣れているらしい。

「シャワーはどこ？」

私とカレンが過ごすピケという小屋にトイレはあったけどシャワーはついていなかった。

「シャワーを浴びたければですね、ここをまっすぐ行ってロイネミューオリンクの角を……」

「説明は地図でにしてくれるかな」

「いまは手元に地図がありません」

「……」

「ロイネミューオリンクの角を曲がって、イクスィンチョンとミゼウモーゼスのあいだにある小径を進んだところのエルケインクラックの中にあります」

「……方角で言うとどっち？」

「だいたい北西です」

「……壁は何色？」

「だいたい黄色です」

「……そっか」私は言った。「次から地図がないときは『だいたい北西にあるだいたい黄色い壁の建物』みたいに言ってくれると助かるな」

「私の説明が悪いのでしょうか」

「いや、理解できない私が悪いんだけど」

「次から気をつけたほうがいいのでしょうか」

「……その、なんていうか、……べつに責めてるわけじゃない」

「シャワーはエルケインクラックの中にありますよ」

「……うん。アンネは正しいよ」


私がシャワーを浴びて戻ってくると、アンネは健気にも、なんとかっていうピンク色の自転車と、なんとかっていうブルーとグリーンのあいだみたいな色の自転車を洗っていた。名前はもうわすれた。


もともと私はなにかをおぼえることに向いていない。

あるいはわすれる技術が手元にあるせいでその傾向は顕著になったかも。

記憶がいかに儚いものかってことをあらためて知ってしまったもの。


車体から跳ね上がる飛沫はよろこび舞い踊る水の精みたいだった。

アンネが持つビニルホースの先に小さな虹ができていた。

季節は秋だというのに、彼女はホットパンツとタンクトップ姿だった。

このシーンを写真に収めたら、見た人はみんな真夏だと勘違いするだろう。

「この土地ではみんながものを大切に扱うんです」

アンネは言った。

「ふだんの生活を支えてくれる物品をとことんまで労ります。物に名前を付けて愛でる習慣があるのもそのためです。名前を付けることによって、なんだか物にまで感情や魂みたいなものが宿るんじゃないかって。ちょっとこどもっぽいけど、私はわりとそういう考え方が好きなんです。この宇宙の真理だと思います。名前を付けたくなる願望、付けずにはいられない衝動。人間の支配欲と孤独が生み出す不思議な業《ごう》だと教えられています」

彼女は自転車をブラシでごしごしと擦った。力強いが丁寧な洗い方だった。

「カレンさんが自分のバイクに名前を付けていたのは自然なことです。彼女は認めようとしませんでしたが、たぶん私と同じ感情を抱いてるに違いありません。私は物を育てたいんです、我が子みたいに。自分が育てた物がほかのひとの役に立ったら、そんなに嬉しいことってないじゃないですか。祖父も父もそういう想いで小屋を育てていたと思います。だから私は名前を変えたくないのです。たとえそれがどんなに発音しづらいものであっても」

「発音しづらすぎる気もするけどね」

私が言うとアンネは笑った。ホースから飛び出た水が弧を描いて地面に落ちた。

「私は祖父や父から影響を受けすぎてるのかもしれません。でも憧れはあります、ああいう人生に。一生を終えるときは、この敷地内のどこかの小屋で、家族に見守られながらおだやかにいなくなりたいのです。自分が愛する人々に、自分が愛した小屋に囲まれながらこの世を去れるというのは、とてもすてきなことですよね」

　水溜まりはあっという間に私の足元にまでひろがった。

　ブーツの下はぐずぐずになっていた。

「なんでもかんでもとんちきな名前付けちゃって、はたから見たらばかみたいかもしれません」

　そんなことはないよ、とは言わなかった。

「だけどいいことですよね、名付けるって。名前があるからこそ生まれる愛情ってぜったいあるはずです。それからその名前にしか宿らない個性だって。リリイさんについてもそうです。ご両親がいまみたいな名前をつけていなかったら、多かれ少なかれリリイさんはいまとはちょっと違う人間になっていたとは思いませんか？」

「かもね。わかんないけど」

「たぶんそうですよ。それくらい名付けのちからって偉大なんです。リリイさん、すてきな名前を付けてもらってよかったですね」

　リリイ。

　母が私を呼ぶ声がなつかしい。思えばあの日、母が叫んだ最後のことばも私の名前だった。

「……だいじょうぶですか？」

「あ、うん。平気。気にしないで」

「……ごめんなさい。もしかして、よくないことを思い出させちゃいましたか？」

「ううん。そういうのじゃない。大丈夫」

母に名前を呼ばれるのが好きだった。でも思い出すのはつらい。なぜって、どの声もあの日の声につながってしまうから。記憶の中で、あの日を介さずに私の名前が呼ばれることはもうないのだ。「母がつけた名前だったの」私は言った。「ゆりの花にちなんだみたい。純粋無垢な子に育ってほしいって」

「ならお母さんの願いは果たされましたね」

「そんなことないよ。悪党どもを撃ち殺しまくっといて純粋も無垢もないでしょ」

「根はやさしいはずですよ、リリイさん」アンネは言った。「銃を握っていても、いなくても」

アンネの濡れた指先はなめらかに動いた。

彼女の肌は張りがあって若々しく、くたびれていなかった。

そこには女性としての美しさと頑固さ、瑞々しさがあった。

「アンネはかわいいね、私と同じくらいに」

私は自分と彼女のあいだに同じ魅力を感じていたと思う。

彼女を褒めても私のプライドが傷ついた気はしなかった。

「リリイさん、意外と自信家なんですね。静かなのに」

「よく言われる。でもアンネ、あなたはすてきだと思う」

「うれしいです。あまり身近に容姿を褒めてくれる人っていないので」

彼女は水栓をひねって水を止めた。

動力源を断たれたビニルホースは死んだ蛇みたいに水溜りに横たわった。

「私もなにかに名前を付けようかな」

「え、どうしたんです、急に」

「アンネの話を聞いていたら、物に名前を付けるってことが素晴らしいことみたいに思えてきた」

「そうですよ、みんなやるべきなんです」彼女は目を輝かせながら言った。

「なにに名前をつけようかな」

私は悩んだ。よくよく考えてみれば持ち物は多くなかった。

「なんでもいいんです。リリイさんにほんのちょっとの誠意があれば、どんなものでも自分にとっての一番に変わります。さあ、まず身近なものをひとつ挙げてみて」

「じゃあ……、靴」

靴にこだわりがあったわけじゃない。最初に目に入ったのがブーツだったからそう言っただけ。

「いいじゃないですか、靴」アンネは笑顔で言った。「一番身近にあるものを大事にする。美しいと思います。これからはそのブーツを大事にしてください」

私も笑った。案外、彼女の言う通りかも、と思った。

物を大事にすることでこそ見えてくるものがある。それはこの世の真理なのかもしれない。

「どんな名前がいいかな」

「個性的なのがいいですよ」

「でもここの小屋みたいな名前は困る。おぼえられない」

「じゃあポチャとか」

「そんな犬みたいな名前はいや」

「ほかになにかいいアイデアは浮かびましたか？」

「まだないけど……」

「なら名前が決まるまではポチャでいいじゃないですか。さ、名前を呼んであげ、うわ、うああ」

次の瞬間、彼女が手を放したせいでピンクの自転車が水溜まりのなかに倒れた。

泥水は跳ね上がり、シャワーを浴びたばかりの私の腕や髪に飛び散った。

「ご、ごめんなさいっ」彼女は謝った。

私のポチャは泥に塗れた。

＊

ふたり旅でほとほとうんざりするのはけんかでパートナーとの関係がぎくしゃくしているとき。毎晩、毎朝、相手と顔を合わせなければならないという苦痛。

宿泊用に与えられたピケという小屋の中は狭かった。寝る前は最悪だった。

「もっとそっちいって」と私。

「そっちがそっちにいってください」とカレン。

電気を消したあとの部屋は沈んだ船の中みたい。まっくらでしずかで息苦しい。

「明日、やります」カレンは私に背を向けて言った。「昼、食堂に眼鏡を掛けた男がいたでしょう。

あなたも見たはずです。あれが第四のターゲット。彼はこの敷地内のいずれかの小屋にいます。決行は明日の朝。ここに財産や魔法のペンを隠しているとは思えません。在り処を吐かせ、案内させます。ですから午後にはこの地を離れることにもなるでしょう」

「明日でアンネともおわかれ？」

カレンは答えなかった。

「最後の標的です。終わったらふたりでなにもかもをわすれましょう」

「ここのことも？」私は訊いた。

「この期間に起きたすべてのことを」彼女は言った。

暗い部屋の中、私はいつまでも眠れなかった。

カレンは眠れたのだろうか。それさえ確認できなかった。

15　さよなら

朝、起きると私はまずアンネのいる小屋に向かった。

「あ、リリイさん、おはようございます」

アンネはちょうど玄関で出かける準備をしているところだった。

「これから食堂で朝ごはんを用意しようとしていたんですよ」

彼女のエプロンはリバーシを思わせる緑と白と黒のチェック柄だった。

「なんか不気味な柄」

「ああ、コザックですか？」

「……いや、エプロンが」

「このエプロンはコザックっていう名前なんですよ」

面倒だな、と私は思った。

「とにかく、あんまりアンネらしくないっていうか」

「これは父が愛用していたものなんです。年季が入っています。ちょっと色褪せてますが」

「ほんとうになんでも大事に使うのね」

「部分的に補修すればなんだって長く使えますよ」

「実はきょう私たち、朝ごはん要らないの、ちょっとやることがあって。午後にはたぶん荷物をまとめてここを出ることになると思う」

「えっ、もう行っちゃうんですか？」

「残念だけどそうなの。だからお昼は持ち運びできるものだとありがたいな。サンドウィッチとか」

「わかりましたよ」アンネは力強く言った。「リリイさんとカレンさんの今後のご多幸を祈って、盛大なランチを作りましょう！」

「ありがとう。カレンも喜ぶ」

「でもさみしいですね。おわかれなんて」

「私もさみしい」

「もう少しリリイさんたちと過ごしたかったですね」


小屋に戻るとカレンが曇った表情でテレビを見ていた。

「……どうしたの？　そんな神妙な顔しちゃって」

「これ」とカレンは言った。「見てください」

テレビにはケイタの家が映っていた。

一昨日の事件が報じられていた。『生き残った少年は記憶喪失』とテロップが出ていた。

カレンはこの日の出来事をおぼえていないはず。しかしすでにダイアリーには目を通したのだろう。

「事情は飲み込めます。わたしが違和感を覚える理由も含めて」

きょうニュースでやってるということは昨日も報じられていたにちがいない。ここのターゲットはダイアリーの効用を知る人間。もし、ニュースを見ていたとしたら……。

「問題は」カレンは言った。「この報道がきょうの復讐計画に影響を与えるかもしれないということです」

私たちは眼鏡の男が宿泊していると思われる小屋に行った。

「ここで間違いないのですね？」

「たぶんね」私は言った。表札には「ビールドビール」の小屋名。

カレンはダイアリーの入ったケースを抱え、私は空気砲を隠し持った。

カレンがノックをした。

コン、コン、コン。

返事はない。私たちは顔を見合わせ、ドアを開けた。鍵はかかっていなかった。

小屋は案の定もぬけの殻。だれもいなかった。

「やはり逃げられたようです」カレンは言った。「彼もまた、昨日わたしたちを見て気付いていたのかもしれません。いくら四年経過しているとはいえ、わたしの顔を判別できた可能性はありますし、リリイはどこにいても目立ちます。ニュースを見ていればなにが起きているのかを理解するのは難しくないでしょう」

「……ターゲット、どうするの？」

「困りましたね」カレンが言った。「追うしかないでしょう」

「どうやって？」

「あの男についての情報を知る人間から行きそうな場所を聞き出します」

カレンはドアを蹴って外に出た。彼女は明らかに不機嫌だった。

＊

「アンネ、昨日までビールドビールに泊まっていた客のことを教えてください」

食堂に入るなり、カレンは厨房のアンネに問いかけた。

「ど、どうしたんですカレンさん。いきなり……」

「眼鏡を掛けた男です。昨日、食堂で居合わせたあの客ですよ」

アンネはコンロの火を止め、水道で手を洗い、エプロンで拭った。

「……お客さんの情報を教えることはできませんよ」

「モラルの荒廃したこの国ではそんな小さなことだれも気にしませんよ」とカレン。「はやく」

「やめなよ」私は言った。「アンネがかわいそう」

「知りたいことがあれば直接本人に訊いてくださいよ」とアンネはカレンに言った。「きょうもまだ泊まっているはずですから。いま不在でもすぐに戻ってくると思います」

「いいえ戻りません」カレンは言った。「わたしたちには彼が戻らないことがわかっています。だからこうしてお願いしているんです」

「……なんで戻らないってわかるんです？」

「それをアンネに説明する必要はありません」

アンネは私たちのいるテーブルまでやってきて席に着いた。彼女は哀しげにクロスを見つめていた。カレンの迫力に圧されているようだった。あるいは男から回収できなかった賃料について憂いているのかもしれない。

「あの男がどこから来たとか、どこを拠点にしているとか、連絡先とか、そういうのでいいのです」カレンは言った。「なにかあなたが知っていることを教えてください」

「それはできませんよ。こういう仕事をしているんだもの、無理です。お客さんとの信頼関係が大事なんです。わかるでしょう？」

「わたしたちだってお客ですが」

「それは詭弁よ、カレン」

「知ってます」

「こちらからは教えてあげられません」アンネは言った。「客を裏切るなというのが父の教えです。裏切りはぜんぶ自分に跳ね返ってきます」

「アンネ」カレンは言った。「わたし、怒りますよ？」

そして私の腰から空気砲を抜き取り、あろうことかアンネに向けた。

「吐きなさい。知っていることを、ぜんぶ」

「カレン！」

「リリイ、離れて。アンネが痛い目に遭います」

「ほんっと、あんたってどうかしてる！」私は言った。「かっとなってすぐに自分を見失う！」

「冷静ですよ」カレンは言った。「わたしの行動の合理性はリリイにもわかってるはずです」

空気砲を向けられたアンネは身をのけぞらせ、椅子からすべり落ちた。

床に手をつき、怯えた目でカレンを見つめていた。

足ががくがく震えていた。立ち上がることができないようだった。

「……い、いや。……やめて、撃たないで」

「なら教えてください」

「いいかげんにしなったら！」

私がカレンに飛びかかろうとしたとき、カレンは牽制のために床に向けて発砲した。

ばん！

「きゃっ！」アンネが悲鳴をあげた。

「リリイ、離れていてください」

「カレン、おかしいって！　アンネがなにをしたっていうのよ！」

「なにもしないから怒っているのです。教えてくれれば終わることなのに」

「……ここの、……ふ、麓に、家があるみたい」

アンネは空気砲の轟音にこころを折られたようだった。彼女は涙声で答えた。

「……数年前から……毎年秋になるとここに来てるけど……麓に家があったはず。……初回の利用時、緊急連絡先に麓の家を指定していたから、……当時の宿泊者名簿を見ればわかると思う……」

「最初から素直に言うことを聞いていればいいのです」カレンは言った。「そうすれば怖い思いをせずに済んだのに」

アンネから名簿の記録のメモを受け取ったあと、カレンはダイアリーをケースから取り出し、ボールペンとともに差し出した。

「あと、これに書き込んでほしいことがあるんです」

彼女は言った。

「わたしたちのためというよりは、あなたのために」

＊

小屋に戻ったあと、私はカレンのむなぐらをつかみ壁に押し付けた。

「もう、二度と！　ああいうことをしないで！」

自分がこんなにも大きな声を出せることが驚きだった。

「無関係なひとを！　巻き込むのは！　やめて！」

「なにを怒ってるんです？」

カレンは顔色を変えなかった。彼女の視線は冷たかった。

「アンネをあんなかたちで傷つける必要はなかったでしょ！　彼女はなにも悪くない！」

「なら謝ればいいのですか？」カレンは言った。「なにもおぼえていない彼女に？　なにを謝れと？」

「そういうことを言ってるんじゃない！」

「そういうことを言ってるんですよ」

カレンは私の手を振り払った。

「彼女に嫌われることを心配していましたか？　それは不要なことです。さっきのことはもうおぼえていません。リリイが嫌われることはないのです」

「……」

「彼女がこころに傷を負うことを心配していましたか？　それは不要なことです。さっきのことはもうおぼえていません。どんなトラウマにもなりません」

「……カレン」

「わたしがやったことはたしかに非人道的であったかもしれません。しかしそれ以上に合理的であったはずです。のちにはだれにも痛みが残らない」

「私はこころが痛い」

「ならダイアリーを使いますか？」

「そういうことを言ってるんじゃないったら！」

「あなたはわたしがすぐに我をわすれると言う。でもリリイ、わたしに言わせれば頭に血が上りやすいのはあなたも同じです。似た者どうしですよ。他人のことは言えません」

「だったら私も同じことをするけど」

私はリリイが持っていた空気砲を奪い取り、その銃口を彼女に向けた。

「どう、気分はいい？」私はカレンに言った。「あなたはアンネにこういうことをしたのよ」

「それでわたしが怯えると考えているのであれば、あなたもやはり交渉における銃の威力の合理性を認めているということなのです」

「私が撃たないとわかってるからそんなことが言えるの」私は言った。「ほんとうに撃たれるかもしれないと感じた彼女の恐怖はこんなもんじゃなかったはず」

「でもその恐怖は一時的なものです。もう残っていません。わたしがあそこに戻って『おはよう』と言えば彼女は『おはよう』と返すでしょう。ここにはなにもなかったのです。唯一残っているものは食堂の床にできた不可解な穴だけ」

「わすれられればなんだっていいの？　記憶がなくなれば事実はなかったことになるの？」

「哲学的なことを考えても結論は出せません。わたしにも、リリイにも」

彼女は服の乱れを直し、言った。

「たしかなことはひとつ。『状況次第ではそう考えておくのが合理的』ということだけです。ダイアリーを持つわたしはそれを最大限利用して復讐を遂げる覚悟でいます」

　それからカレンは私の脇を抜け、ベッドに行き、荷物をまとめ始めた。

「……カレン」私は言った。「それは理解できる。「あなた昔はそんなんじゃなかった。どうしたのよ。事実を知ったから復讐に燃えてる、それは理解できる。でもいまのカレンを見てると、事実を知らないでいたほうがずっとあなたのためによかったんじゃないかとさえ思える。あなたが復讐に燃えなければ、少なくとも私の目にはあなたがこれほど不幸そうには映らなかった」

「わたし、不幸そうですか」ショルダーバッグに服を詰めながらカレンは言った。

「とっても」私は言った。

「そうですか、残念です。わたし自身はべつに不幸とは思ってません。目標があるのはよいことです。たとえそれがどんなに歪んだものであったとしても」

　バッグが膨らみすぎたのが気に入らなかったのか、今度は詰めた洋服やケースを取り出して床に放った。彼女は重い荷物を持つのがきらいだった。

「記憶がなくなれば事実の一部はなかったことになる。カレン、あなたは便宜的にそう考えてるってさっき言ったよね」

「ええ言いました」

「だったら、どうしてもう一度あの七月二日に関するあらゆることをわすれないの？　ターゲットのこと、ダイアリーのこと。それらをわすれてしまえばあなたはずっと楽になる。だれのこころからも傷が消えるし、だれをも痛めつけずに済む。ちがう？」

　彼女はため息をついた。

「それのどこがどう間違っているか、いちいち説明しないとリリイ・ザ・フラッシャーには理解されないんでしょうか」

「ほら。あなたは二重に基準を設けてる。自分がされたことは許せないけど、自分がしていることは許せる。それって卑怯」

「卑怯でいいんです。復讐とはそもそも卑怯なものなのです」

「でもその卑怯さで無関係のひとを巻き添えにするのは筋違いでしょ。私はそこに憤りを感じているんだって」

「うんざりです」

「え？」

「うんざりですよ、リリイ。あなたの説教は。堂々巡りです。わたしたちはわかりあえない」

　彼女がジッパーを閉めたときの、プラスチックの歯が一気に噛み合う音が静かな部屋に響いた。

「わたしたちはたぶん、ふたりして間違えていたんです」カレンは言った。「あなたに協力を頼んだわたしも、わたしのこころを理解する気もないのに復讐に手を貸そうとしたあなたも」

「……」

「もう別々に行動しましょう。どうせ最後のターゲットは殺すつもりでした。あなたは阻止しようとするでしょう、障害でしかありません。でもいいんです。あなたの気持ちも理解できますから」

「……」

「わたしはひとりで最後の復讐を遂げます。目標達成のためにはどんな犠牲も厭わない、なにもかもを巻き込む覚悟です。だからリリィにこれ以上、迷惑はかけません」

「……カレン」

彼女は私に向けて右手を差し出した。

一瞬は別れの握手を求める手かと思った。でも違った。

「空気砲、返してください」

私はそれを渡した。彼女は点検し、しまった。

それからブリーフケースのところに行って、ロックを外し、ダイアリーを取り出した。

「リリイ、もしあなたが望むなら」カレンは言った。「これにわすれたいことを書いてもいいですよ。きょうのこと、あるいはこれまでの日々のこと。もしくはわたしのこと。おぼえていたくないことがあればなにを書いてもかまいません。もちろん今回の件に関すること以外でも。たとえばあなたの両親が死んだ日のこととか」

「そのはなしはやめて」私は言った。「何回言うのよ」

「これまで手伝ってくれたお礼です。どうしますか。使いますか」

私はすこしだけ考え、首を振った。

「そうですか、もったいないとも思いますが」

カレンはケースにダイアリーを戻すことなく、そのままバッグに詰め込んだ。

私は自分に問いかけた。

ほんとうにこれでいいの？

この瞬間に決断すべきことがたくさんあった。

いま決めなければ手遅れになるかもしれないという焦りもあった。


このままカレンとけんか別れしていいはずはない。彼女を止めるべきだろうか。歩み寄って彼女の心情に理解を示すべきだろうか。そうできれば楽だろう。これまでのふたりにだって戻れる。でもそれは無理なことだった。自分が間違っていないのに折れることは私にはできなかった。それにカレンだってそんな私を望んだりはしないだろう。

私もカレンもいじっぱりだった。でも互いに対しての誠意もあった。この状況においては、安易な迎合をしない、というのが一度は認め合ったパートナーとしての最低限の誠意である気がした。

だから私は引き止めなかった。

それから、彼女と同じくらい気にかかったのは魔法の本のこと。

このままカレンが行ってしまったら、もうダイアリーに触れる機会はないかもしれない。

ほんとうにあの魔法に頼らなくていいのだろうか。

ほんとうにあの日をわすれなくていいのだろうか。

「……待って」私は言った。「やっぱり、書かせて」

カレンは振り向き、私の目を見た。

そしてしまったばかりのダイアリーをバッグから取り出し、私に向けた。

「覗き込んだりはしません。あとで文字を読んだりも。だから自由に書いてください」

私は魔法の本に書き込んだ。

私が人生で最後に涙した日、父と母が死んだあの日の日付を。

書き終えた私は、開いた状態でダイアリーをカレンに差し出した。

「わすれるのはわたしとの日々ですか？」

「……まさか」

彼女が本を手にしたとき、ダイアリーに挟まれていた紙が床に落ちた。

それはおととい私がカレンにあげた写真だった。芝生のうえで、ふたりは笑顔だった。

「そうですか。ならよかったです」

カレンは屈んで写真を拾い、またダイアリーに挟んだ。

そして彼女は、ダイアリーを閉じた。

ぱたん。

私は不思議な感覚を得た。

こころを縛り付けていた紐が解け、するすると抜けていった気がした。

「あなたの誠意に対する礼というわけではありませんが、わたしもあなたのことをわすれたりはしないと思います。ふたりのあいだには嫌な思い出もありますが、すてきなこともありましたから」

カレンはショルダーバッグをかつぎ、玄関に向かった。

「さよなら」と彼女は言った。


カレンは荷物の大半を部屋に残していった。

ふたつのブリーフケース。音楽再生機。洋服に絡まって手帳まで。

きょうで終わらせるつもりにちがいない。これらはもう、彼女にとっては不要なものなのだろう。

私は彼女の服を手にとって匂いをかいだ。ハリケーンで通った道が思い出された。

彼女があの写真をきちんと取っておいてくれたことはうれしかった。でもそのせいで、まだ彼女を失ってしまったという実感が湧かなかった。引き止めなくてもこころで繋がっていられる気がした。だから出て行ってしまって、その考えはもしかしたら自分の幻想かもしれないと思うと不安にもなった。漠然としたもやもやはこころから離れなかった。

混乱した。

私はカレンのことばかり考えているけれど、ほかに考えるべきことがあるような気もした。

この数分間のうちに、自分をとりまく世界が大きく変わってしまったと感じた。

服から手をはなした後は、しばらくひとりきりの部屋に立ち尽くした。

奇妙な感覚はいつまでも抜けなかった。

食堂に行くとアンネが朝食の準備を終えていた。

「あ、リリイさん！」彼女は私を見るなり笑顔で言った。「朝ごはんできましたよー」

きょうは要らないって言わなかったっけ、と言いかけてやめた。

アンネは今朝のできごとをもうおぼえてはいないのだ。

「ありがとう」私は言った。「おなかぺこぺこ」

「それよりリリイさん、霊感とかつよいほうですか？」

「霊感？」

「怪奇現象があったんですよ」アンネは言った。「目が覚めたらエプロンつけて食堂にいて、床にはへんな穴が空いてるんです。これっておばけのしわざだと思いませんか？」

「おばけなら追わないほうがいいと思うな」私は言った。「アンネが呪われちゃうよ」

まっさかー、と彼女は言い、笑った。

16　いたい

カレンが行ってしまったあと、私にはすることがなかった。

旅が終わってしまったいま、ここに留まる理由はない。だから帰ったってよかった。

でもなんとなく、カレンがいつか戻ってくるんじゃないかという予感もあった。彼女をおいて故郷に帰るのは気がすすまなかった。

私はずっとアンネにくっついていた。彼女だけが話し相手だった。

「そういえば、カレンさんは？」

アンネは訊いてきたけれど、私は「先に帰ったの」としか答えなかった。


皿洗いを手伝い、小屋の掃除を手伝い、牧場の牛の世話を手伝った。

アンネは作業用にとつなぎを一着くれた。

ありがたかった。お気に入りの洋服を汚したくはないもの。

アンネは十六棟ある小屋のうち、空いている三棟を丁寧に掃除した。

窓を乾いた布で拭い、床をモップでこすり、雨樋に溜まった落ち葉を集めた。

「いつもこういうことしてるの？」

「いつもというわけではありません」アンネは言った。「定期的にです。手を入れないとだめになっちゃいますから」

「次にだれかに貸す予定がもう入ってるの？」

「いいえ、まだです。でも、予定と手入れは関係ありませんよ。貸す日が来ようが来まいが、私はこれを大事にしていたいのです」

汚れた手で汗を拭ったせいで、アンネの額には黒く太い線が走った。

「顔、汚れてるよ」と私は言った。「まゆげがつながってるみたい」

「まぬけな顔してますか？」

「まぬけな顔してる」

アンネは笑って、屋根の上から落ち葉を入れた袋を私に向かって投げた。地面に落ちた袋のまわりでは砂が舞った。


午後、私たちはまたサイクリングをした。

きょうは田園地帯に向かった。

青空の下、黄金色の穂の実る田と田に挟まれた道を猛スピードで抜けた。

私とアンネはどちらが速く漕げるかを競い合った。

途中、ペダルの回転に足を絡め取られて横転しそうにもなったけれど、そういうスリルも含めて、楽しいレジャーだった。

たどり着いた沼地ではふたり草の上に寝そべった。

おなかが空いたら彼女が持ってきたお弁当を食べた。たくさんのちょうちょうが飛ぶ沼だった。


夜には私のいるピケの小屋にアンネがお菓子を持ってやってきた。

彼女と私は一緒に映画を観た。海で船が沈むかなしい話だった。

映画が終わりお菓子を食べつくすと、彼女は床に丸まり、眠った。

その格好は今朝食堂でカレンに脅されていたときの様子をなんとなく私に思い出させた。

カレンはどこに行ってしまったのだろう。

私は彼女を見捨てたことになるだろうか。

テレビを消し、電気を消した。

アンネの寝息のリズムは不規則で、気になって眠れなかった。

＊

アンネはまだ陽が昇らないうちに起きた。

朝食の準備があるので先に出ます、って言ったと思う。

私は眠くて、適当な返事をしたような気がする。


本格的に目が覚めたのは朝の八時だった。早くはないが遅くもなかった。

歯を磨きながらテレビのニュースをチェックした。

もしカレンが復讐を遂げていたら、その件が報道されている可能性もなくはない。とはいえ彼女は賢いひとだ。ニュースになるようなあからさまなやりかたをすることはもうないかもしれない。

ニュースの大半はどうでもいいこと。

経済がどうとか、犯罪指数がどうとか、治安がどうとか。

コメンテーターと政治家はグラフで情勢を語っていた。ほとんど意味のない議論だった。

彼らはテレビのこちら側の世界をほんとうに知っているのだろうか。


鏡の前に行き、髪の毛を梳かし、カチューシャをはめた。

いつか髪の毛をそめたいな、と思った。

黒い髪はきらいじゃない。でも私は、カレンみたいな金髪に憧れてる。

さらさらで、柔らかそうで、風が吹くとふわっと盛り上がる、ああいう髪質が好き。

カレンは顔がかわいいから金髪が似合うのだろう。お人形みたいだもの。

でも私だってかわいい。カレンに負けないくらいに。だからきっと似合う。

テレビのコマーシャルメッセージはキャッチーなメロディを流していた。私は意味もなくそのメロディを口ずさんだ。陽気というわけじゃない。耳に残って離れなかっただけ。

しばらくするとだれかが部屋をノックした。

最初はアンネかと思った。でも彼女なら私の名を呼びかけるはず。

訪問者の正体をたしかめるべく窓から玄関を見ると、立っていたのはカレンだった。

彼女の額には相変わらず包帯が巻かれていたけど、顔の傷は増えているような気がした。

鼻や口、耳の付け根には生々しい裂傷があった。

「どうしたの、カレン」私はロックを外し、ドアを開いた。「戦ってきたの?」

「ここにわすれ物をしたんです」彼女は私の問いには答えず、言った。「それを取りに来ました」

私は一瞬、彼女を疑った。

きのうこの部屋を掃除したが、わすれ物なんかなかった。残っているのはどれも彼女があえて放っていったもの。しかしわすれ物がないとすると、なにか別の目的があってここにきたということになる。

「……なんのわすれ物?」私は念のために訊いてみた。

「個人的なものです」案の定、カレンは答えをはぐらかした。「教える必要はありません」

彼女は部屋の中に入った。止める理由はなかった。奪われて困るようなものもない。

私は鏡の前に戻って、再び髪の毛を梳かした。

たまに鏡越しに、室内をうろつく彼女の様子を観察した。

ひょっとしたら、と私は思った。

カレンは仲直りのために戻ってきたのではないだろうか。

わすれ物をしただなんてあからさまなこじつけは、いかにも強がりな彼女らしいもの。

もしかしたら、彼女も私と同じようにパートナーのことが気になってしかたなかったのかもしれない。


しかしその幻想はあっけなく消えた。

鏡の中の彼女はこちらの背に空気砲を向けていた。

私はカチューシャに手を当てた体勢で固まった。

「動かないでください」

カレンは言い、私に向けて手錠を投げた。

「それで両手を繋いでください。言う通りにすれば痛くはしません。あなたが素直に行動してくれることを祈ってます」

もう彼女に銃を向けられるのにも慣れた。

よいことか悪いことかはわからなかったけど、少なくともかなしくはなかった。

彼女は目的のためには手段を選ばない少女。私といえど特別扱いはしてもらえない。

カレンの指示通り、私は自分の左手首と右手首に手錠をはめ、かざして見せた。

「いい子です、リリイ。それでいいのです」

空気砲はずっとこちらを向いていた。

「これから始まることは平たく言えば拷問です」彼女は言った。「協力的にやってくれると助かります。あなたのためにも、わたしのためにも」

「……拷問？」私は言った。「……私を拷問するの？　なんのために？」

「簡潔に話を進めましょう。リリイ。わたしの魔法の本はどこにありますか？」

「……なに言ってるの？　あなたが持って行ったじゃない」

ばん！

彼女は空気砲を撃った。床に穴が空いた。

「もういちど訊きます。リリイ。魔法の本、ダイアリーはどこにありますか？」

「……まったく。何回床に穴を空ければ済むのよ」私は言った。「アンネの大事な小屋だよ。発砲はやめて」

「何回？」カレンは言った。「そんなことはいいのです。私の質問に答えてください」

そのとき、私は状況を理解した。

――カレンはターゲットに敗れ、逆にダイアリーを奪われてしまったのだ。

彼女は明らかに昨日のことをおぼえていない。食堂で床を撃ったことをわすれている。

ということはすなわち、彼女はダイアリーに昨日の日付を書かされたということになる。

空白の一日があるからこそ、一番身近な私に裏切られたと思ってる。

あるいはターゲットがなんらかの工作をし、彼女が私を疑うように仕向けたのかもしれない。

——ダイアリーが盗まれたらまず身近な人物を疑えと言われています。本の効用を知らなければ盗もうなんて発想にはなりませんから。


「次は指を潰します」カレンは言った。「痛いのがいやならすべてを話してください」

「カレン、ちがう。あなたは真の敵に騙されてる」

「無駄口は不要です」

「人違いよ。私じゃない、私がやったことじゃない。あなたは記憶を失くしてるだけ」

自分で言いながら、最初のターゲット、宗教家を拷問したときのことを思い出した。

彼も今の私と同じようなことを言っていた。

——ちがう、自分じゃない！　人違い、おまえの記憶違いだ！

あのときはなんて工夫のない言い逃れだろうと呆れていた。

いまとなっては彼の発言はそれなりに理にかなったものにも思えた。

そしてカレンは私の発言を信用しないだろう。あのとき私たちが彼を信用しなかったように。

「どの指を潰しましょうか」カレンが言った。「リリイ・ザ・フラッシャーを敵に回すのは怖いことです。しかし銃が撃てなくなれば話は別。ですから右手の人差し指を最初に潰しておくのはありですね」

「銃が撃てなくなるのはべつにいい。もうひとを殺したくはないもの」私は言った。「でも指を潰すのはやめて。ピアノが弾けなくなったら困るし、痛いのもいや」

「相手が嫌がることをするから拷問なのです」

「どうしてそこまで私を疑うの？　怪しいと思うのはわかるとはいえ拷問にまでかけるほど？」

「ここに写真があります。意識が戻ったとき手に握っていました」

カレンはくしゃくしゃに丸められた写真をひろげた。

私が彼女にプレゼントとしてあげたものだった。

「リリイ、あなたの写真です。そしてわたしにはどうやら前日の記憶についての欠落があります。それでわかったのです。魔法の本を奪い、わたしの記憶を消したのがだれなのか」

「カレン、なに言ってるのよ、ほんとに！」

私は言った。呆れと哀願が混じった情けない声になっていた。

「ぜんぶ真のターゲットのしわざに決まってるでしょ！　あの男がダイアリーの見返しの注意書きを読んで、あなたが私を疑うように仕向けたのよ！　だいたいおかしいじゃない、写真を都合良く手に握った状態でいたなんて！」

「はたしてそうでしょうか。意にそぐわぬ文言を無理やりダイアリーに書かされたとして、本が閉じられてしまう前に犯人に通じることが書かれたヒントを手に握っておくのはいたって自然な行動です。自分自身に宛てたダイイングメッセージとでも言いましょうか。この場合、死ぬのはからだではなく記憶ですが」

「あなた真の敵に利用されてる、それがわからないの？」

「考えてみれば」カレンは言った。「リリイが裏切るというのは想像に難くないことです。あなたはもともとわたしの行動に懐疑的でしたから」

「ばか言わないで！」

「裏切ったあなたはもう敵」カレンは言った。「まあいいのです、なんでも。とにかくダイアリーを返してください」

「ほんとうに持ってない！」

「なるほど。それが答えですか」

カレンは私の腕を摑み、銃口で指を床に押し付けて引き金を引いた！


その瞬間、私は叫んだだろうか。

たぶん、叫んだと思う。

痛みはひどいものだった。自分の手がどんなことになったのかは見たくもなかった。

目を閉じているのに暗くはなかった。まぶたの裏では白い光がばちばち輝いた。なにも見えないのは目を閉じているからではなく、その光のまばゆさのせいなんじゃないかと思うほどに。

液体が手のひらにくっつくのを感じた。血だ。血はこんなにもあたたかい。

たんぱく質が焦げるにおいがした。まさか自分の肉が焼けるにおいを嗅ぐ日が人生にあろうとは。

痛みのなかで、変な話だけど、考えるべきことがたくさんある気がした。たとえば実生活における不自由だとか。ピアノのこととか。


ひととおり叫び終えると私は咳き込んだ。

腕は動かせなかった。動かしたら痛みがひどくなりそうで怖かった。

私にできたことは、ただひたすら、左手を固く握りしめることだけ。爪を皮膚に食い込ませて。

どうしてかこの瞬間だけは左右の手が錠で繋がれていることがこころ強かった。

左手がくっついているあいだは、すくなくとも右手はどっかにいったりはしない。

ともあれ、これでもう、いままでのように銃は撃てない。

リリイ・ザ・フラッシャーのさいご。あっけないもの。


「いたいですか？」

カレンは訊いた。

私はなにも答えられなかった。まだ目さえ開けられない。

「指を撃つのはひさしぶりですね。なじみのある部位が目に見えて減るのは怖いでしょう」

カレンは指を潰すのが第一の復讐以来だと思ってる。でもそれはちがう。彼女はゴンの指だって飛ばしていた。いまはもうおぼえていないというだけで。

「さあ。ダイアリーのありかを教えてください。次は中指をいきますよ」

「……カレン」

私は声を出した。目を開き、彼女の顔を見た。

さらさらの金色の髪と包帯といくつかの傷に覆われた、お人形みたいな小さな顔を。

「撃ちたきゃ撃ちなさい。だけど、私は、ほんとうに、しらない」

カレンと私は見つめ合った。

彼女と目を合わせるのは久しぶりな気がした。

彼女の目は色素が薄く、靄がかかっているみたいだった。

そこで彼女がなにを思ったのかはわからない。

私を信用したのか、赦したのか、諦めたのか、はたまた呆れただけか。

とにかく、先に目を逸らしたのはカレンのほうだった。

彼女は空気砲をしまい、立ち上がってドアへと向かった。

「ダイアリーがあればいまの出来事を書かせたいところですが」カレンは言った。「ないので」

そして小屋を出る直前、私に手錠の鍵を投げた。

ドアが閉められたあと、緊張状態から解放された私は血のひろがる床に転がった。

目の先にはくしゃくしゃになった写真があった。紙が縒《よ》れたせいでふたりの顔は歪んでいた。

フローリングにぶつかったカチューシャが音を立てた。

涙は自然と流れた。鼻の山を越えた液体がぽたぽた床におちた。

右手を直視する勇気はまだなかった。

いくらか時間が経ったあとは左手で鍵を取り、不器用な指先を動かして手錠を外そうとした。

でも震える指先にはちからが入らず、鍵は鍵穴をぎこちなく出入りするばかりだった。

やがて私はそうするのもやめた。

鍵を持ってアンネのところに行こう。

驚かせることにもなるだろうがしかたない。だれかに手当てしてもらわないといけない。

顔を当てた床の上でふたたび目を閉じた。

やはり家を出る前にもう一度、ピアノを弾いておくべきだった。

17　おわかれ

アンネが私の右手を見て驚かなかったわけはないが、こちらを気遣ってか平静を保ってくれた。

「ひどいけがですね。医者を呼びましょう。止血してあれば心配は要りませんよ」

どうしてこんなことになったのか疑問にも思っただろう。なにせ普通の怪我じゃないもの。

しかしアンネは、私の表情からなにかを察したのか、医者が手当てを終えたあともなにも訊かずにいてくれた。

医務室の天井の蛍光灯は何本か切れていた。

処置後、横になっているうちに私は眠りにおちた。


目が覚めたのは真夜中だった。

医務室からピケに戻ると部屋の中は掃除されていた。血だまりはない。あるのは床の穴だけ。

やがて洗面所からアンネが現れた。

「具合はどうですか、リリイさん。きょうは安静にしていたほうがよいですよ」

シャワーを浴びないからだで布団に入るのには抵抗があった。

寝返りを打っても寝れそうになかった。

そもそも右手をかばいながら寝るというのはなかなか骨が折れること。

おまけに医務室であんなに眠ったせいで目は冴えてる。

アンネは部屋の隅に座って、手元灯で縫い物をしていた。私の黒いワンピースにできた穴を塞いでくれているみたい。彼女の栗色の髪はカレンの金色の髪に比べれば硬そうだったけど、そのごわごわな質感もまた私の好みだった。

「アンネ」枕の上の私は彼女のほうを向いて言った。「ごめんね」

「気にしないでください」とアンネは言った。「慣れないレジャーに手を出して大怪我をするお客さんは少なくありません。リリイさんだけじゃないですよ」

私はアンネにすべてを説明したいと思った。

これほど迷惑をかけていて事情を説明しないのは申し訳なかった。

同時に、真実を教えてしまうことで面倒に巻き込みたくはないという想いもあった。

彼女はこれ以上、私に関わらないほうがいいのかもしれない。

「きょうはまだうまく話せそうにない」私は言った。「でも明日、もし気持ちが整理できたら、アンネに話を聞いてもらうかも」

アンネは私を見て、笑った。

「はい。きょうはもう寝てください」

＊

翌日。霧の濃い朝だった。私は歩いてアンネのところに向かった。

外の騒ぎはベッドにいても聞こえたので、なにが起きたのかについては見当がついていた。

アンネはかつてリンガフアウフと呼ばれた小屋の残骸の前の原っぱで体育座りをしていた。

私が近づくと彼女は微笑んで見せた。

でもそれは明らかに無理のある表情。目はかなしみで満ちていた。


敷地の小屋の四棟が焼け落ちていた。

たぶん、火を放ったのはカレンだ。記憶がない彼女は、追うべき標的がいずれかに滞在していると考え、夜に可能性のある小屋を襲ったのだろう。復讐のためにならどんな犠牲も厭わない、なにもかもを巻き込む覚悟があるとカレンは言っていた。実際、私さえその巻き添えになった。いまさら彼女がなにをしても驚かない。

……いや。ちがう。そもそも昨日のカレンは真の敵を見失っていた。だとしたら、放火はターゲットのしわざか。そうであってほしい。カレンを疑うのはつらい。

しかしいずれにしても同じこと。アンネの愛する四つの小屋は見るも無残な姿になっていた。

私はアンネのとなりに座った。それから彼女と、かつてリンガフアウフがあった場所を眺めた。

「祖父が生きていたころ、言っていました」アンネは言った。「人間は死んでも名が残る。名が残れば記憶にとどまる。生物の多くは骨を残すけど名は残りません。例外はペットくらいなものです。そして建物は、骨さえ残りません。だから祖父は、わざわざ名前をつけていたのだと思います」

私は左手で彼女の背を撫でた。

「最初はたかが小屋に名前なんておかしいとは思ってました。でも失うとわかるんです。名前をつけていてよかったって。リンガフアウフ。私が初めて一人で泊まった小屋です。八歳のときだったでしょうか。夜中は怖くて泣きました。でも朝がやってきたとき、いい経験ができたなって思えたんです。すてきな思い出です」

彼女は左右の手をからみ合わせ、握りしめていた。

「リンガフアウフ」アンネは言った。「私はこの小屋のことをわすれません」

風が吹くと消化剤の粉が散った。

霧は濃く、周囲の山々の姿は見えなかった。

＊

廃材をかき集め、釘とワイヤで組み立て、敷地内の広場に簡易な射撃場を作った。

丸太と板でできた的のむこうは森。流れ弾がだれかに当たる心配はない。

もっとも、いくら左手とはいえ、私が大きく目標を外すことはありえない。


昼の広場に猟銃の轟音が響いた。

宿泊客の多くはだれかが狩りをしていると思うことだろう。

引き金を引いたときに腕に伝わる反動は思いのほか大きかった。

右手で撃つときには感じなかったゆさぶりがひどく、体勢が乱れる。


かつて父は自衛のために私に銃の腕を仕込んだ。結果、あまりにも多くの時間を犠牲にして私は早撃ちの名手になった。しかしこの腕があっても、いや、この腕を適切に使わなかったからこそ、人生で多くのものを失った。

まもろうと思ったものをまもりきれなかったのはざら。

引き金を引くのをためらったあの日、一番大事なひとたちを失った。


私のせいでアンネを巻き込んでしまった。

これ以上、彼女が傷つくのはいや。

せめて迷惑をかけているあいだは私が彼女をまもろうと決意した。

射撃の練習をしているのは左手に感覚をおぼえさせるため。

ばん。
遠くの草むらから鳥が一斉に飛び立った。
次、撃たれるのは自分だとでも思ったのだろうか。
左手の精度は悪くない。右手ほどではないが、的の中心を捉えることはできている。
問題は早撃ちと連射。この銃じゃ練習できない。克服は難しいかもしれない。

左手はじんじん痺れた。
包帯を巻いた右手は汗ばみ、傷は痛み続けた。
真上を一羽の黒い鳥が通り過ぎた。
私は構え、尾に狙いを定めた。移動速度に合わせて標的を追った。
でも引き金は引かなかった。
見上げた空から降り注ぐ陽が眩しかった。

＊

カレンの死体を発見したのはその翌日だった。

朝、散歩をしているときのこと。敷地と道路の境目に彼女の亡骸が横たわっていた。

彼女の頭は撃ち抜かれていた。手には空気砲が握らされていた。


目を閉じた彼女の姿を見て胸に満ちた感情は、驚きでもなく、かなしみでもなく、諦めだった。

やっぱりこうなった。

カレンの向こう見ずの性格が、怒りのあまり手段を選ばない強引さが、いつか彼女の身を滅ぼすだろうとは思っていた。改めて説教してやりたい気分だった。


——だから言ったでしょ、あれほど。


しかしカレンはもう二度と目を開かない。

私は彼女の亡骸を抱いた。

ずっと憧れていた金色の髪が手首をくすぐった。

包帯を巻いたてのひらには頭の重み。彼女に撃たれた指の傷が痛んだ。

唇は裂けていた。すこしだけ開いた口からは白い歯が見えた。


カレン。

強がりな女の子だった。身勝手で冷酷な女の子だった。

でも優しくもあった。彼女の笑顔が好きだった。


全身の毛が逆立つのを感じた。

寒くなった。

こころが自分のうちがわで震えているのがわかる。

脚がかじかんで、彼女を抱いたまま動くことができない。

自分はどこを見ているのだろう。どうしてあたりはこんなにも静かなのだろう。


少し前までの私は、復讐なんて無意味だとカレンに言っていた。

——復讐なんかしてもだれも喜ばない。死んだ人も報われない。

いま思えば、どうしてそんなふうに考えるようになっていたのかわからない。

ただ漠然と、ためらいだけを抱くようになっていた。妹の死体を目にした時に抱いた、世の理不尽に対抗するための手段としての暴力を行使する意志がいつのまにか失われていたのだ。

——復讐なんかしてもだれも喜ばない。死んだ人も報われない。

私のその発言は間違っていた。いまなら素直にそう思える。

復讐を遂げれば、少なくともあなたは喜んでくれるだろう。

だったらそのためだけにでも、私が銃を握る意味はある。

カレン。私は約束する。

ダイアリーを奪い、あなたを追い込んだ最後のターゲットはゆるさない。

＊

アンネと私はカレンのためにささやかな葬儀をやった。

遺体は土に埋めた。

アンネは農作業に慣れた人間だったので、穴を掘るのに時間はかからなかった。

彼女は私と同じくらい、あるいは私よりもずっと、パートナーの死を悼んでくれた。

一連の作業のあいだ、言葉はほとんど交わさなかったが、それは十分にわかった。


「ねえ。アンネ」

晩御飯を食べているときに私は訊いた。

「ビールドビールに泊まっていた眼鏡の男のひとのこと、なにか知ってる？」

アンネは昨日の朝のことをわすれている。同じことを質問しても怪しまれたりはしないだろう。

それにカレンが訊くのと私が訊くのとでは印象も違う。

ひょっとしたら好意的に対応してくれるかもしれない、そう思った。

「どうしたんですか、リリイさん」アンネは言った。「まさか一目惚れしたとか？」

もちろん彼女のそれは冗談で、空気を和ませようとして発せられたもの。他意はないに違いない。対して、私の返答といったらなんとも気が利かないもの。「まあそんなところ」と言ったきり。

「そういえばあの人、きょうも見かけていませんね」アンネは言った。

「宿泊客の情報、知りたいって言ったら教えてくれる？」

「リリイさん」アンネは言った。「いくらあなたのお願いでもそれはできませんよ。勝手に情報を教えるなんてお客さんを裏切ることですから」

「そっか」私は言った。「そうだよね」

アンネの拒絶に、かえって安心した。

相手次第で対応を変えていたらいくらか見損なってしまうところだった。

アンネは、私がそうだと認めたとおり、真に美しいこころを持っているみたいだ。

＊

名簿のある場所はわかっていた。

アンネには申し訳ないと思いながらも、それを当たらずにはいられなかった。

夜、忍び込んだ管理人室のキャビネットを探り、名簿を取り出して、包帯を巻いた右手でおさえながら不器用にページを繰《く》った。

「なにしてるんですか」

気付けばアンネが後ろに立っていた。

背後を取られてもその気配を察知できないとは、私の感覚も鈍ったもの。

「アンネ、ごめんね」私は言った。「どうしてもあのビールドビールの男のことを調べなければならなかったの。彼はたぶん、カレンの死に関与している人間だと思うから」

アンネはスイッチを入れて照明を灯した。

室が明るくなるまで、彼女がどんな表情をしているのかわからず、不安だった。

もしかしたら軽蔑の色を浮かべているかもしれない。怒りが満ちているかもしれない。

私は照明が点灯するまでの一瞬に、彼女に嫌われたことを覚悟した。

でも彼女は怒っていなかったし、私を蔑んでもいないようだった。

顔に浮かんでいたのは受容の笑み。

「リリイさん、こっちこそごめんなさい」アンネは言った。「ディナーのとき、あなたが彼のことを知りたがって、なにか今回の件と深く関係があるということは察していました。思えばもっと柔軟に対応すべきだったのかもしれません。あなたはただでさえ、いろいろなものと戦っているのに」

アンネはこちらに近づくと、私が手に持った名簿を取り、該当のページを開いた。

「リリイさん」彼女は言った。「協力するのは構いません。でも事情をちゃんと説明してください。どういう目的であのお客さんに接近しようとしているのか、きちんと。そうでないと焼け落ちた小屋たちも報われませんから」

私は肩を竦め、言った。

「べつに騙そうとしてたわけじゃないの。しらばっくれるつもりもなかった。ただアンネを巻き込みたくなかったし、事実を知って欲しくなかった。私たちがなにをしてきた人間かを知ったら、たぶん、きらいになっちゃうと思うから」

「きらいになんてなりません」アンネは言った。「私は味方ですよ。少なくとも、私に助けを求める人に対しては」

そうして私はアンネにすべてを話した。

これまでにやった復讐、息子を持つ父親を殺したことも含めて、ぜんぶ。

*

話は長くなった。

短く話すにはあまりにも言い訳を入れなければならない箇所が多すぎた。

ひととおり説明が終わったあと、アンネは私に訊いた。

「その魔法の本というのは、ほんとうに魔法なのですか?」

とうぜんの疑問だった。だれが魔法なんて簡単に信じるだろう。

「実態はわからない」私は言った。「魔法だと思ってるだけで正体は科学かもしれない。でも考えてもしょうがないから便宜的に魔法ってことにする、カレンはそう言ってた。『書き込めばわすれられる』、科学と捉えるより魔法と捉えたほうがすんなりのみこめるでしょ？」

「祖父が生きていたころに聞いたことがあります。大昔には人間を管理するための様々な機器があったって。もし科学だとすれば、体制崩壊前の時代の利器って可能性もあるんでしょうか」

「かもね。管理社会だったころにはひとの心理を探る技術が確立されていたらしいし。洗脳や暗示によって記憶や認知機能に干渉するすべもあったのかも。魔法の本の正体は究極の自己暗示ガジェットだったりして」

「で、リリイさんたちはその本、『ダイアリー』を使って個人的な復讐を果たす旅をしている」

「まあね」私はため息をついた。「どう、きらいになったでしょ？」

アンネは首を振ってくれた。「あんまり」と彼女は言った。

「あんまりってことは」私は言った。「ちょっとはきらいになったってことじゃん」

「昔から正直なんです」アンネは言った。「でもリリイさんが誠実に話してくれたことに対する好感は嫌悪感を上回ります。だから安心してください」

そして彼女は、私の手に名簿を握らせた。

＊

「彼はもともとこの山の麓で暮らしていたようなんです。初めてうちの小屋にやってきたのは四年前の秋でしょうか。土地柄、登山には心得のある人だったようで、装備は年季の入ったものを一式持っていました。秋はアウトドアレジャーが盛んになる稼ぎどきなので例年お客さんの出入りが激しくなるんですけど彼のことだけはおぼえています。初めて現れたとき、とってもさみしそうにしていましたから」

私とアンネは暗い食堂でコーヒーを飲んだ。

窓際に置かれた火の灯ったランプの光は暖炉を思わせた。

暗いところであたたかいものを飲むのは好き。こころが落ち着く。

「ひとりでくるお客さんもいないわけではありません。しかしそういう人はもっとレジャーに情熱を持ってここへやってくるものです。彼の場合は明らかにそうではありませんでした。日がなバルコニーから山を見つめるばかり。登山に出かけるときもとぼとぼ覇気のない様子で。こう言ってはなんですが、死に場所を求めてるんじゃないかと訝ったこともあります。だってあやしいじゃないですか。麓に家があるのにわざわざうちの小屋を利用するなんて。ひょっとしたら離婚して家を出て、ひとり途方に暮れているのかと」

ぱしっ、ぱしっ。ぶるるるるる。

窓に虫がぶつかる音が、羽がせわしなく網戸をこする音が聞こえる。

山のこういうところはいや。虫は好きじゃない。カレンだって虫をひどくきらっていた。

「でも自殺志願者じゃなかった？」

「ええ。山でよき出会いがあったみたいですよ。同時期に病気療養のためにうちの小屋を利用していた女性客と懇意になったってうわさです。私も本人と話して確認したわけではありませんから、あくまでうわさですが」

「出会いねえ」

「山というのは不思議な場所なんです」アンネは言った。「ひとりで巨大な大地に接しているとどうしようもなく孤独になります。自分の存在のちっぽけさを突きつけられます。理不尽なほどにです。だから寄り添えるだれかがいるとつい寄り添いたくなります。自分以外の人間の存在が頼もしく、心強く思えます。愛を育むためにはぴったりの場所かもしれません」

ひどい孤独を感じるというのはわからないではない。

ひらけた場所から岩山や樹々や空を望んでいると感動よりも哀愁を覚える。

カレンがかつて言っていたことが少しだけ理解できた気がした。

——旅というのは強い光みたいなものです。最初はそれを求めて移動していても、近づきすぎるとそのあまりのまばゆさに次の場所に移らずにはいられなくなる。最後には移動が求めるためなのか逃れるためなのかわからなくなる。新しいものを知りたいと同時に今知っているなにかをわすれたい、そういう気持ちが同居する不思議な体験なのです。

私のこころは、いまやこの旅から逃れることを考えているのかもしれない。

「ふたりは秋の終わりに一緒に小屋を出て行きました。でも男性の方だけは毎年十月になるとここに戻ってきます。山登りが特別好きというわけでもなさそうですが、この地域一帯に特別な愛着もあるのでしょう。女性客のほうは目にしません。病状が悪化したのでしょうか。だとしたら気の毒なことです」

食堂の床にはぽっかり穴が空いていた。

暗い室で見るその穴は大きな虫みたいだった。

もしくは小さなブラックホール。近づいて覗き込めば床下以外のものが見えるかもしれない。

「カレンさんのことも、お気の毒です」

会話が途切れてからしばらく経ったあとでアンネが言った。

「気にしないで。そんなに憂えてるわけじゃないから」私は言った。「いつかああなる気はしてた。自業自得なのよ、あの子。カレンのことは好きだったけど、それとこれは別」

「ドライな関係なんですね」

「おたがい割り切ったとこがあったし、べたべたしないのが居心地よかったの。死んで同情するような馴れ合いの仲じゃない。たぶんカレンだってそんなの望んでないだろうし」

ろうそくの火のゆらめきに合わせてテーブルに載せた手の影が歪んだ。

天板にできた黒とオレンジの境目はあいまいでぼやけていた。

「だからこれでいいの。私が嘆く必要はない」

かっこいい、とアンネは言った。

彼女はずっとコーヒーをかき混ぜていた。

18　めばえ

名簿に記された住所の手前数百メートルの地点で、道路脇にハリケーンを見つけた。タイヤは破られておらず、ガソリンも抜かれていなかった。動きそうで安心した。帰りは徒歩にならずに済みそう。キーはカレンの遺体が身につけていた洋服のポケットから回収してある。私はハリケーンを駆った。

バイクの運転は初めてだったけど、ためらいはなかった。ハンドルをひねれば動く、それがわかれば十分だった。

麓のまち。目的の住所にたどり着いた。

民家は鉄筋コンクリート造で、建てられてまだ数年といったところ。大きな二階建ての家だった。監視カメラの位置をチェックしたあと、死角になる位置を選び、もしくは離れたところから建物を調べた。

玄関には五つのロックがあった。空き家でないことは間違いなかった。

すべての窓には鉄格子がかけられている。深いところで固定してあって取り外しは困難。工具を使っても切断には時間がかかるタイプ。この家はかなり防犯に対しての意識が高いみたい。玄関のロックは破れないこともなさそうだった。でも、押し入ることはしなかった。家人が帰ってくるのを待ったほうがいい。私が必要としているのは金や物でなく情報なのだから。

広い敷地の隅にはバラックがあった。

住宅と違い、ほとんど手入れされている様子がない。窓は汚れ、壁には蔦が這っている。こちらも施錠されていたがロックはひとつだけだった。監視カメラはなかったので壊して入った。中にはテーブルがひとつとパイプ椅子が二脚あった。

コンクリートの床には椅子がひっかいた傷ができていたけど。古いものと新しいものがあった。傷の上に埃があったりなかったりした。つい最近、だれかがここで過ごしたみたい。

中央のテーブルの上にも埃はない。

拭われたのだとしたらなぜか。衛生的な理由かもしれないが、あるいは……。

テーブルの天板の裏面を覗くと小さな血痕があった。椅子の脚にも。

私にはなんとなく状況がわかり始めていた。

＊

一時間かそこら、庭の隅に座って鼻歌を唄いながら時間を潰していると、敷地に一台の車が入ってきた。停車後、ドアから出てきたのは三十代とおぼしき女性と十歳くらいの女の子だった。

ふたりは玄関に近づいていった。私は声をかけた。

「すみません、人を探しているんですけれど……」

「きゃっ！」

彼女たちはひどく驚いていた。その場に倒れそうないきおいだった。

びっくりさせたことを申し訳ないとは思う。

この国では、自分の家の敷地内に見知らぬ人間がいるというのは恐ろしいこと。

たとえそれが、負傷した美少女であっても。

「……ああ、びっくり」主婦が言った。「……どうなさったんです？　うちになにか？」

彼女の瞳は警戒の色を帯びていたけれども心配の色もあった。悪い人ではないようだった。

「ママー」少女が言った。「このひと、リリイ・ザ・フラッシャーじゃない？」

「そうだよ」私は負傷した右手を彼女に見せながら言った。「でも銃は撃てないから安心してね」

「……そんな方がどうしてここに？　なにがあったんです？」

彼女は買い物袋を下ろして私に近づいてきた。娘も母親にくっつくようにして寄ってきた。

こういうとき、顔が知られているというのは便利だ。

テレビで見たことがあるというだけで人々は親近感と安心感を覚えてくれる。

「とつぜんお邪魔しちゃってすみません。でも人を探しているんです。この辺は民家が少ないから、もしかしたら迷子になった私の友人がお訪ねしたのではと思って……」

「迷子？」主婦は言った。「こんなところで迷子……ですか？」

「方向音痴なひとなんです」私はポケットから写真を取り出して、カレンの容姿を見せた。「金髪の女の子です。友人の私から見ても美少女だと思います。このあたりで見かけはしませんでしたか？」

「ああ、この子なら」彼女は言った。「数日前の昼、ここに来ましたよ。また改めて来ると言ったきり、もう戻ってきませんでしたが」

やはり。カレンはちゃんとここに来ていたのだ。

「では、こちらの人はご存知ですか？」

私は次の写真、ビールドビールに宿泊していた男の顔を見せた。

写真は宗教家や看護師のものに混じってカレンの残していった荷物の中に残っていた。

「知ってるもなにも、ねえ」主婦が言った。「金髪の女の子にも同じことを訊かれました」

「パパー」と女の子が言った。

「パパ？」私は言った。「あなたのお父さんなの？」

「お父さんだったんです。数年前に離婚するまでは」と主婦が言った。

離婚の原因を訊くのはさすがに立ち入りすぎだろうと思ってやめた。

「……ちなみに、最近会ったりとかは？」

「ぜんぜん。ここを出てったきりその後はさっぱり」主婦はこどもの頭を撫でた。「いまごろどこでなにをしていることやら」

主婦にも男の居所のあてはなさそうだった。

引き出せる情報はこれですべてだろう。こどもにおかしな印象を与えるのもよくない。

私は簡単に礼を言って去ろうとした。「迷子の友人をもう少し探してみます」

「あなたがたが元主人のことを探している理由はなんとなくわかります」彼女は言った。「恨まれても仕方のないことばかりしているひとだったようですから」

私は否定も肯定もしなかった。

*

「名簿に記された住所は離婚した家族のものだった」

昼食の席で私はアンネに報告した。

ランチタイムは過ぎていたけど、彼女は私のぶんの食事をとっておいてくれた。

当然ながら時間外の食堂はがらがらで、ふたりで話をするにはちょうどいい場所だった。

「いまは前の奥さんとこどもが住んでる。あの男の居所は知らないみたい。アンネの運営する小屋に彼が初めて来たのは離婚した秋だったみたいね」

「なるほど。ということは私の予想はあながち間違ってはいなかったのですね」

「こどもの話では悪い父親ではなかった様子。母親は旦那の素性を知っていたようだけど」

毎年ここの小屋を借りるところを見るに元妻や子への未練は断ち切れていないのかもしれない。「ねえ、アンネ」私は言った。「彼と懇意にしていた女性の情報が欲しいんだけど、四年前の宿泊客について記された名簿、もう一度見せてもらえないかな」

「リリイさん、いくらなんでもそれは。だって彼女は無関係かもしれないじゃないですか」

「わかってる。だけどこころの傷を癒したのがその女性だとすれば、あの男がいま彼女のちかくにいる可能性もあるんじゃないかなと思って」

「悪党でもない人の情報を、関与の可能性があるというだけで提供するわけには……」

「あの男、カレンが麓の家にたどり着くのを見越して待ち伏せしてたみたい」私は言った。「家の裏手のバラックには血痕があった。あそこでカレンをいたぶってダイアリーを奪ったのよ。男は暴力でもってカレンにダイアリーへの書き込みを強要し、記憶を削った。彼女は彼の工作のせいで私を疑いもした。そして最後には死んだ」

「リリイさん……」

「私はね、カレンがこの旅を始めると言い出したときには復讐なんて間違っていると思ってた。だけどいまはちがう。受けた暴力への正当な報いは暴力によってしか為されない」

「でも、やられてやりかえしていたら、復讐の連鎖がどこまでも続いてしまいますよ」

「私もそういう綺麗事を言っていた時期があった。いまはそれが綺麗事だとわかった。ここは暴力の国。暴力から自分の尊厳をまもれるのは暴力だけ」

思い出すのは、ぼろ人形みたいに床に転がった妹の最後の姿。

あの日の悔しさをわすれてはいけない。

暴力に対抗できるのは暴力のみ。そのための銃の腕じゃないか。

「アンネ。あなたにこれ以上の迷惑はかけない。だから私に復讐を遂げさせて」

「やっぱりカレンさんが死んでかなしんでるんですね、リリィさん」

「かなしんでない。ただ彼女の無念を晴らしたい。それだけ」

「同じじゃないですか」

「同じじゃない」私は言った。「たぶん、同じじゃないよ」

アンネは私の顔を見つめていた。優しい表情だった。彼女はしばらく黙っていたあとで「わかりました。いいでしょう」と言った。

「ありがとう。恩に着る」

「……なんで？」

「ただし一緒に連れて行ってください」

「手負いのリリィさんだけで行かせるのは心配です。それにその手じゃバイクの運転だって難しいはず。ちからになれると思います」

「……それは助かるけど」

「リリィさん」アンネは言った。「熱くなる人間に必要なのは冷ましてくれる人間です。かつてのカレンさんにとってのリリィさんのように。今度は私がリリィさんにとってのそれになります」

「コテージでの仕事は？」

「私にだって休みは必要ですよ」彼女は笑った。「不在にするあいだ、小屋の世話は用務員さんにまかせておきます。父の代から仕えてくれている有能なひとです。心配は要りません」

彼女は立ち上がるとエプロンを外し、ドアに向かった。

きょうのエプロンは白と青のストライプ。いつだかの日のそれよりも趣味がよかった。

「いま名簿をとってきます。正確な住所がわかるはずです。私の記憶が正しければ、彼女はたしか離島からやってきた利用客だったはず。ひょっとすると船旅が必要になるかもしれませんね」

19　つながりのむこう

あらためてハリケーンに乗ってみてわかったこと。

やはり私に運転は無理だってこと。怖いわけじゃない。ただただ痛い。

ハンドルに載せた右手の傷が段差に差し掛かるたびに激しく痛む。

「だから言ったじゃないですか。運転は任せてください」とアンネ。

「バイク、運転したことあるの？」

「もちろん。アウトドアのレジャーを案内する仕事をしてるとだいたいのことはできるようになります。父や祖父と研修を兼ねてツーリングに行ったことだってあるんですから」

でも彼女はハリケーンを見て面食らった。

「……これがカレンさんが乗っていたバイク？」

「そう。いかついでしょ」

「なんていうか、ぜんぜんイメージと違いますね。もっとこぶりで可愛げがある愛車かと」

「ギャップ、だってさ」私は言った。「異性にもてるためには必要みたい」

彼女は練習のために三十分ほどハリケーンを走らせてくると言い、出て行った。

そして戻ってきた時には満面の笑みがあった。

「すごい馬力とスピードですね！」アンネは言った。「やみつきになりそう！」

ともあれ、彼女が運転できてよかった。ハリケーンは新しい主人を得た。


翌朝。私たちは港に向かった。

眠い眠い朝だった。私はアンネの背に顔をくっつけて目を閉じていた。目を開けていたら肝を潰しそうなので寝ることにしたというのもある。アンネはカレンよりも風に、なりたがるたちのようで、アクセルを握る手を緩めなかった。山道のカーブの攻め具合といったら。まあ彼女は器用だから事故に遭ったりはしないだろうけど。

アンネの背中はあたたかい。

カレンの背中もあたたかかった。

ふたりとも種類はちがうけどいいにおいがした。

いいにおいのするひとは好きだ。


目を覚ましたとき、ハリケーンは海際の道を走っていた。

朝の陽が、アンネの腰に巻きついた私の左腕を橙に染めていた。

海の上を、たくさんの白い鳥が飛んだ。群れ。

羽ばたく彼らの身体が陽の光を遮り、木漏れ日のような影を落とした。

どこまでもひろがる海を見て、脈絡なく、カレンの死を想った。

波が岩場にあたって弾ける音が胸をついた。

彼女は逝ってしまった。

もう二度と、こうして一緒にハリケーンで駆けることもない。

港に着くと私たちはフェリーのチケットを二枚買った。閑散とした待合室で船を待った。

そこはどうしてか喋るのにふさわしくないような気がして、終始ふたりして黙っていた。

＊

私とアンネの辿り着いた場所は避暑地として知られる離島だった。

船から降り、踏みしめた大地はさらさらの白い砂。港を囲うようにして崖の上に段々状に乳白色の壁の住戸が建ち並んでいた。優しい要塞みたいな感じだった。

中心地の街路は畝《うね》っているだけでなく分岐だらけで迷路のようだった。おまけに道の大半は坂道で、アップダウンを繰り返した脚は痛んだ。

予約したホテルを探していたけど、目印になるようなものはほぼなかった。どの建物も同じ色の壁でできているせいで通ったことのある道かどうか判別できない。おかげで、ぐるぐる円環状の小径を回り続けることにもなった。

途中、私たちは地元の食堂的趣の店に入った。

疲れてくたくただった。船酔いのダメージも抜けてなかった。

店内には客がひとりもいなかった。

私たちはいちばん奥の席を取った。テーブルの上にはキャンドルがあった。

「脚がぱんぱん」椅子に座るなり私は言った。「もうこれっぽっちだって歩きたくない」

「リリイさん情けないですよ」アンネは笑った。「大して動いてないじゃないですか。きょうなんかバイクでも船でも眠ってただけだし」

「いいの。そういう日もある」

やがて店主がやってきて私たちに言った。

「そこで待っててもなにも起こらないよ」

五十代くらいのからだの大きな男だった。

顎から耳にかけての一帯は黒い鬚に覆われていた。彼の顔は私に熊を思わせた。

「まずはカウンターで食券を買ってもらわないと。ここはオーダーを取りにきたり水を運んでくれたりするような親切な店じゃないんだ」

「ここまできてそんな説教を垂れるなら水くらい運んでくれればいいのに」と私は言った。

「そういう過剰な接客はしない主義でね。客を甘やかしてもいいことはない。ここじゃサービスが良くなったって客が増えたりはしないんだ」店主は言った。「それに愛想が良すぎる店ってのはこのご時世では考えもんでね。むこうの通りで雑貨店をやっていた人の好い婆さんはこないだ客に刺されて死んだ。端《はし》た金に目が眩んだ野郎のせいで婆さんは逝っちまったんだ。そういう世の中さ」

「この店がこんなに空いてるのも治安のせいですか？」アンネが店主に訊いた。

「いや。いまは閑散期なんだ。この店だけじゃない、この島一帯がすかすかだ。オフシーズンだよ」

「オンシーズンはもっと混む？」

「混むなんてもんじゃない。道という道が人で溢れかえる。どこへ行くのも鬱陶しく感じるほど」

「こんなシーズンに来ちゃった私たちはアンラッキーかな」

「逆にラッキーさ」店主はデニムシャツの袖をめくり上げ、毛がごわごわに生えた太い腕をこすった。「落ち着いて景色が見れる。ひとだかりを気にせずにどこにでも行ける」

スピーカーからは哀し気な唄が流れていた。

私が音楽に耳を傾けていることに気付いた店主が言った。

「この地を象徴する唄だよ。ヴォーカルの出身はこの島でね。ゆかりあるバンドだからか、どこの店もこの曲を流してやってる。細い歌声だろ？　俺はあんまり好きじゃないね。沈む陽を憂うこのまちの住民の悲鳴みたいじゃないか。暗澹とした気分になるよ」

彼はエプロンについているしみを爪の先でいじった。

でも汚れが落ちないことがわかると、ちっ、と口で音を立てた。

「この島の人間は夜をすごく恐れてるんだ。家の中がいちばん安全だと思ってる。あるいはそれは真理かもしれんが。かつては陽気な民族だったみたいだけど、いまじゃみんな孤独なもんさ」

「おじさん、家族は？」私は訊いた。

「家族がいそうに見えるか？　いないさ、そんなもんは。妻も子も持つ予定はない。この国でそんなものを持つというのは絶望の種を増やすことと同じだ。失う不幸より知らずにいる不幸を選ぶね」

曲のサビでのファルセットはたしかに悲鳴みたいだった。地縁とはいえ、毎日こんな曲をかけさせられたらきついだろうなと思った。

「この島の食事、おすすめはありますか？」アンネが訊いた。

「ここの店の推しはイカのフライだ。俺はほぼ毎日喰ってる。酒に合うんだ、これが」

「美味しそう。じゃあそれをいただくことにします」

「私もそれにする」

「まずあそこのカウンターで食券を買って」店主は急に厳しい態度に変わった。「さっきそう言わなかったっけ」

「言ってました」

「ここは椅子に座ってれば店員が注文を取りにきてくれるような親切な店じゃないんだ、悪いけど」

そして厨房に戻った。

難しいひとだな、と私は思った。

＊

食事を終えたあと、ホテルまでの道を歩いた。

夜道は暗かった。店主の言ったとおりだった。通りにはひとの姿がなかった。

まち一帯に大陸の風が吹いていた。

オレンジ色の街灯に照らされた緩やかな石畳の坂道をビニル袋が転がっていった。

アンネは怖くなったのか、自然と寄り添ってきた。私たちの腕は触れ合った。

闇に隠された海から波の音が聞こえた。たくさんある住戸はどれも夜になると雨戸を閉めてしまっていて、人が住んでいるのかどうかさえわからなかったし、そのせいでまちは余計に不気味な感じになっていた。

私はアンネに歩調を合わせ、アンネは私に歩調を合わせた。


坂を上りきると、この島の頂とも呼ぶべき場所に辿り着いた。

振り返り、景色を見た。

不意にかつてのパートナーの姿が脳裏に浮かび、胸が締め付けられた。

暗い海、暗い空に囲まれた島の家々。街灯の光。オレンジ色に照らされている壁。

自分のいる場所が、自分の歩んできたみちがわからなくなった。

カレンという人間は、私の人生にほんとうに存在しただろうか。

眼下にひろがるまちには当然ながら彼女の面影のかけらもない。彼女と始めた旅の延長線上に現在があるなんて、まったくもってぴんとこない。


カレン。


風の吹きつける頂で彼女の名を呟いた。

いままで隣にいてくれた人が隣にいてくれなくなったことを初めてつらいと感じた。

アンネはカレンと同様に大切な人だったけど、アンネはカレンじゃなかった。そんな当たり前のことを、どうしてか私は、このまちの夜の姿を見てとつぜん思い知ったのだ。

触れた腕の温もりもまやかしみたいに感じた。アンネのあたたかさはカレンのあたたかさとは違った。

隣に立つアンネはなにを想うだろう。私がカレンの不在を嘆いていることを知ったら、相棒として求めているのがアンネではなくカレンだと知ったら、不快に感じるだろうか。

「行きましょうよ」

アンネは私の手を引いた。でも私は動かなかった。

見ているのは偶然出くわした風景であったはずなのに、私はいままで、この風景をこそ求めて旅をしていたのかもしれないと感じた。

隣に親しい友人がいるにもかかわらず私はひとりぼっちで、隣に親しい友人がいないからこそ私はひとりぼっちだった。

泣きたいと思った。でも涙は流れなかった。波の音を聞きながら目を閉じた。見えない海のひろがりを想った。遥か向こうにあるはずの、私とカレンがまわった数々のまちのことを想った。

私の気が済むまで、アンネは隣で待ち続けてくれた。

腕は触れ合ったままだった。

20　魔法のペン

ホテルは目的の住所の真正面にあるものを予約していた。

陸側の部屋からなら標的がいると思しき家が監視できることもわかっていた。

私とアンネは交代で家の内外の動きを二日間観察した。

結果、次のことがわかった。

予想通りビールドビールの男は四年前にコテージで懇意になった女と暮らしているということ。

家にはふたりしかいないということ。

男は外出時にダイアリーを携行していないようだということ。


「今朝も手ぶらでした。魔法の本は家の中でしょうね」

「カレンも言ってた。リスクを負って携行するほど実用性があるものじゃないって。あの魔法を運用するには少々手続きがめんどうだからね。女のほうは？」

「病気は末期のようです。うちのコテージで見かけたころとはぜんぜん姿も違います。すっかりやせ細っていました。とはいえからだはまだ普通に動かせるようで車の運転は自分でしています。きょうも出て行きました。定期的に通院しているのかもしれません」

アンネは好意的に協力してくれていた。退屈な作業に違いないはずだった。

窓から見えるのは標的の家を含む十数軒の住宅だけで、それ以外に眺めるものはないに等しい。

それでも彼女は文句一つ言わなかった。

「いつ乗り込むつもりですか？」アンネは私に訊いた。

難しい質問だった。いますぐ乗り込んでもよかった。

「いまは有利な立場だと思う」私は言った。「その気になれば、出てきたところを陰から撃つことだって」

「ふいうち、ですか」

「ただそれだと魔法の本は取り戻せない。だからどうすべきか考えてるの」

いや。殺したあとで探せばいいことか。同居する女が邪魔なら消したって。

あの家にダイアリーがあると推測できたいま、殺しをためらう理由はなくなったはずだ。

私はマグからコーヒーを飲んだ。外の景色は相変わらずつまらなかった。

頭がぼんやりした。指を怪我しているせいなのか、旅の疲れなのか。

どうして自分がここまで標的の男を殺すことにこだわるようになったのかもよくわからなかった。

ついこのあいだまで過剰な暴力に反対の立場だったはずなのに。

なんだか混乱する、と私は言った。

「どうしたんですか急に。混乱って、なにについてですか？」

「すべてについて」と私は言った。

男と同居している女を巻き込むことにほとんど抵抗がないのが不思議だった。

自分はこんなにもためらいのない人間だったろうか。

なにか大事なことをわすれている気がした。わすれていることをわすれている気もした。


夕方、私が監視の番をしているとき、配達員がポストに郵便物を入れるのが見えた。

私はボールペンの先端にガムテープを裏返しに巻きつけ、ホテルを出てその家に向かった。

そしてまだどちらも帰ってきていないことを確認した上でポストを探った。

投函口にボールペンを突っ込み、中のものを引き抜いた。

郵便物は三通あった。

ひとつが療養中の女への友人からと思しき手紙。可愛らしい封筒に入っていた。

もうひとつが保険会社からの通知。

さいごのひとつは宗教の勧誘ハガキ。裏には「週末は教会へ行こう」と書かれていた。

ひとつめだけを盗み、残りのふたつは戻した。


「女は病院での治療に見切りをつけ、残りの期間を自由に暮らしている段階みたい」

部屋に戻ってから私はアンネに報告した。

「やはり病気は進行していたのですね」

「友人からの手紙ではそんなに長くないと読めた」

先の長くない人間なら巻き込んでいいということはない。でも正直なところ、こころの抵抗がすこし減ったのはたしかだった。

「明日、家に乗り込む」私は言った。

「……やっぱり彼らを殺すんですか？」

「どうかな」

女を巻き込まずに済めばそのほうがいい。しかし男への復讐の障害になるのなら排除するしかないと思った。カレンはあの男に殺された。手段なんて選んでいられなかった。それに大事なひとを巻き込むというやりかたは復讐の手段としては効果的かもしれない。

「……さすがに殺しはちょっとやりすぎな気がします」

復讐ってそういうものだから、と私は言った。

アンネはなにも言わなかった。

＊

その夜、私が見張りをしているとき、部屋のベルが鳴った。

「リリイさん、電話です」受話器を取ったアンネが言った。

「だれから？」

「さあ。フロント経由で外からみたいです」

電話を代わる前から相手の想像はついた。私がここに泊まっていることに気付いた人間がいるとすればひとりだけ。

「リリイ・ザ・フラッシャーだな」と電話の相手は言った。「そこからうちを監視していることは知っている」

やはりビールドビールに泊まっていたあの男。

「カレンのこと、ゆるさないから」

アンネがこちらを見た。彼女も電話の相手の正体に気付いた。

「彼女のことは残念だった。しかしあの女も悪い。俺の周囲の人間の平穏を脅《おびや》かした」男は言った。「なあ。放っておいてくれないか。俺を殺したところで小娘は戻らない、だろ？　こちらは静かな暮らしを求めている。魔法の本とペンが欲しければ返す。だからそれで終わりというのはどうだ？　互いに悪い話ではないはずだ」

「いまさらなに言ってるの」

「あなたがその気になれば俺を殺すのは簡単だろう。ここは暴力の国だ。小娘はともかく、あなたを敵にしたらかなうわけはない。だから取引したいんだ。この島を出て行くと約束してくれれば望みのものは差し出そう」

「ばか言わないで」私は言った。「だいたいそちらがあっさり本を手放すとは思えない。それ目当てで四年前に強盗までしたくせに」

「あのときは欲しかった。いまはいらない。だから返すことに抵抗はない」

「……いまはいらない？」

「ああ。タイミングとは奇妙なものだ。どうでもよくなったあとにむこうからやってくる」

話がよくわからなかった。

かつては欲し、いまは不要。いったいどんな用途を想定して魔法の本を求めたのか。

「食堂で小娘を見たときは驚いたよ。ニュースになっていたゴンの家の件はあいつの仕業だと確信した」

この男はおそらく私の予想したとおり、麓の家でカレンを待ち伏せしていたのだろう。住所が名簿から知られることはわかってたはず。捕らえたあとはバラックに引きずり込んで拷問し、カレンは暴力でもってダイアリーに文字を書かされた。

「あの女を殺すのは簡単だったが、どうせならあなたも片付けたかった。だから魔法の本を利用したんだ。小娘には標的が俺であることやその日に起きたことをわすれさせ、あなたのもとに返した。激情型の女だ。怒りに我をわすれれば友人を殺すことさえ期待できた。失敗したらそのあとで始末すればいいだけのこと」

「しかしカレンは私を殺しまではしなかった。だから彼女はあなたにとって用済みになり、再度捕えられ、殺された」

「つまりはそうだ」と男は言った。「会ったせいで情をいくらか取り戻したのか、あなたのいる小屋の名前を正直に吐かないまま死んだよ。おかげで見当違いな小屋を襲うことにもなった」

やはり小屋への放火はこの男のしわざだった。

カレンがやったのでないとわかり救われた気がした。同時に苦しくもなった。

私は目を閉じ、右手の親指で眉間を掻いた。彼女の傷だらけの顔が思い出された。

「もうこんなごたごたには疲れたんだ」男は言った。「あなたの目当ては魔法の本と魔法のペンだろう。それを返すと言っている。だから終わりにしないか。あまりに無意味な消耗だ」

「わるいけど」私は言った。「それだけじゃ気が済まないの。彼女の無念を晴らす」

「なら俺はどうなったっていい。ただ復讐に俺以外の人間は巻き込まないでほしい」

それはこちらの望むことでもあった。

巻き添えはすくないほうがいい。彼はおそらく同居する女の身を案じているのだろう。

しかし私は素直な返事はしなかった。

「さあ。どうかしら。まわりのひとたちがいつまでも無事でいられるといいけど」

これは復讐。相手を快適にさせる必要はない。

いつ大事なひとを奪われるかわからない恐怖を与えたかった。

我ながら狂気じみているとは思った。

彼はしばらくなにも言わなかった。


ベッドに座るアンネはクッションを抱きしめている。

彼女の下のシーツはよれよれで、端はだらしなくカーペットに垂れている。

電話しながら疑問に思ったのは、どうして彼は逃げないのだろうかということだった。私と戦っても勝てないから交渉を申し出てきた、それは理解できなくはない。しかし敵わない相手が近くにいるとわかっているのなら普通は逃げるものだ。もしかしたら同居する女の事情だろうか。病気ゆえに連れ回すことができないのだろうか。私が質問しようとしたとき、男が次の言葉を発した。

「あなたは魔法のペンの効用を知っているか？」

魔法のペン。修正液のようなもの。ダイアリーに書き込んだ文字を消して記憶を蘇らせるガジェット。やはり最後のひとりがその存在を知っていた。

「関係ないと思うけど」

「関係あるさ。あの小娘がどんなふうに死んだか、興味あるだろう」

その言葉を聞いた瞬間、息が苦しくなった。

「聞きたくない」私は言った。「話が終わったのなら電話は切る」

「小娘はあなたを想い泣いていたよ」男は言った。「しくしく、惨めに」

風が窓を揺らした。

建物の壁にぱらぱら砂が当たる音が聞こえた。

「殺す直前、あの女に書かせたことを魔法のペンで消したんだ。小娘は自分が俺にいいように動かされてあなたを傷つけたことを知った。後悔からか無抵抗になったよ。あんなにも強情な女が」

……。

「皮肉なもんだな。なんでもわすれられる魔法を持っていた人間がいちばん知りたくないことを知りながらこの世を去るなんて」

黙って、と私は言った。

「あなたの名前とごめんねを交互に繰り返すばかりだったよ。復讐のこころは後悔の念に押し潰されたんだろう。俺を殺すことなんてどうでもよくなっていたみたいだ」

……。

「聞いているか。なあ。これが事実だ」


外を吹く風が強くなる。

アンネの指がクッションのカバーに食い込んでいる。


なにが言いたいの、と私は言った。

「つまりなにが言いたいかというと」男は言った。「こちらが降伏の意思を示しても受け入れず俺への復讐を果たすつもりだというのなら考えることはひとつだけ。いかにしてあなたの復讐のこころを萎えさせるかということだ。正面から戦ってもかなわない。なら心理的な傷を負わせるしかない」

こころの傷くらいで銃が撃てなくなると思う？　私は言った。

「そんなふうに言えるのはあなたがおぼえていないからだ。かつてリリイ・ザ・フラッシャーとして恐れられた女が一度は銃を置く決意を固めるほどの出来事と直面したことを。いったいどんな悲惨な光景が彼女をそれほどまでに無気力にしてしまったのかについても」

……。

「ところで俺の手元にはいまも魔法の本とペンがある。魔法の本は興味深い。いろんな人間がいろんなことを書き込む。小娘とあなたもゴンを殺した日に書き込みをしている。みな不都合な記憶からは逃れたいようだ」

……。

「興味深いことにあなたの筆跡はそのあとにも出てくる。おそらくはコンビが決別する日に書いたものだろう。あなたが書き込んだ日付がある」

すぐに受話器を置きたかった。

たとえ電話を切っても意味がないことがわかっていても。

「俺は、いや、この国の人間はここに書かれた日付がなにを意味するのか知っている。リリイ・ザ・フラッシャーが家族をまもれなかった日。あなたの両親が死んだ日だ」

はやく切るべきだと思った。でもからだがうごかない。受話器を耳からはなせない。

「この日をわすれたかったのだろう。そしていまもわすれている」

気分がわるい。くらくらする。吐き気も。

「だから思い出させよう。あの日、あなたの目の前でどんなふうに両親が死んだのか」

やめて。

「あなたも小娘と同じように、わすれていた真実を知り、打ちのめされるだろう」

受話器はそのまま床に落とした。

部屋を出た。

怖かった。アンネの近くにいるべきでないような気がした。

らせん状の非常階段を下《くだ》りながら、頭の揺れに耐えた。ばちで額を叩かれているみたいだった。

階段を一段おりるごとに、音が、光が、近づいてくる。

鳥肌がおさまらない。吐き気がとまらない。

やがて段の上にしゃがみ込んだ。それ以上うごけなかった。

頭を抱え、膝で挟んだ。

暗い場所からあの日が見えた。あの日が聞こえた。


構えた銃。

背後からの衝撃。

迫る床。

冷たいフローリング。

跪く母。
跳ねる血。
四つの銃声。
……父の倒れる音。
……。
……シリンダーと弾の冷たさ。
……金を数える男の笑み。
……インナーベルト。
……リヴォルヴァー！
……棚と缶！
……ピアノ！
キッチン！
リリイと呼ぶ声！
母の！　母の悲鳴！
あああああああああああああ！
リリイさん、しっかりして！　リリイさん！
アンネが近くに来てくれていることはわかってた。

意識は失っていなかった。でも返事はできなかった。
階段に吐いた。
ぐちゃぐちゃの液体は踏面にとどまり、ワンピースに染み込んで脚を濡らした。
血のようにあたたかかった。

21　やられて、やりかえして

明け方。目が覚めたとき、気持ちが萎えていることに気がついた。

もう銃を握りたくはないと思った。復讐なんてどうでもよかった。

銃じゃだれも助けられない。事実、あの日私は父と母を救えなかった。

自分がほとんどためらいなくカレンのための復讐に燃えていた理由も理解できた。私はあの日をわすれていたのだ。理解不能に思えていた混乱の原因は記憶の欠落だった。つながりのむこうがわを失った感情の一部だけがわたしの中に残り、いろんな想いをごちゃまぜにしていた。

枕はかたかった。

右を向いたり左を向いたりした。もういちど夢の中にいきたかった。

左には窓があり、右にはアンネの寝顔があった。

私は左向きに体勢をなおして目を閉じた。窓の外はまだ暗かった。

旅を終わらせたいと思った。

達成も満足もいらない。ただ自分の傷ついたこころを抱えて家に帰りたい。

もうなにが正しいのかわからなかった。

復讐を遂げずに帰ったら相手の思うつぼ。しかし倫理的にはそれが正しい。

復讐を遂げて帰ることこそが私の昨日までの意志。しかし倫理的にはまちがっている。

眠りは遠かった。

母の悲鳴はいまでも聞こえるような気がした。

あの瞬間が現実にあったことを突きつけられたときのショックはわすれられない。

頭から毛布をかぶった。でも逃れられなかった。


眠るのを諦めた私はホテルを抜け出し海まで歩いた。

砂の上に座って、空と海の境目、水平線を眺めた。

リュックからカメラを取り出した。

海を撮ろうと思ったけれど構えて、やめた。そんなことをしても気はまぎれないと思った。

風が吹きつけた。寒かった。同時に、だんだん眠くなってきた。

横になって見上げた空は藍色で、いくつか星が輝いていた。

星座の名前は知らなかった。知りたいとも思わなかった。空に輝く光を見ていると、それぞれをつなぎ合わせて意味ありげなかたちを作りたくなるひとの気持ちは理解できた。私もやってみたけれど、いいかたちにはならなかった。

声を絞り出していつもの歌をうたってみた。少しでも元気が出ればいいと思った。

だけどそれも、うまくはいかなかった。か細い自分の声を聞き、かえって自信を失くした。

陽が昇るにつれ、空の色味が変化した。
思えばこの旅でいろんな空を見た。
カレンとけんかした翌日に川のほとりで見たのも、きょうみたいな明け方の空だった。
あのときの私はカレンがやりすぎることに怒り、カレンはやらない私に怒った。
いまの私にはどちらのこころもわかってあげられる。
復讐を嫌がった当時の私の気持ちも、復讐を願ったカレンの気持ちも。
彼女のことを想ううちに、いつかのことばが蘇った。

——リリイ、ほんとうにありがとう。あなたがパートナーでよかった。

そう。彼女と私はパートナーだった。

——だからがんばりましょう。次の一件が最後です。わたしから父を奪った悪党への復讐にちからを貸してください。

波はしゅわしゅわ砂に消えた。
からだは冷えた。

ホテルに戻っても食事は喉を通らなかった。

息絶えた父の姿が脳裏をよぎる。ももを撃たれ苦痛に歪んだ母の顔が頭から離れない。

最上階のレストラン。真ん中のテーブル。

料理をほとんど食べないままフォークとナイフを置いた。

「……やっぱり、まだ具合が悪いですか？」アンネが訊いた。

私は首を振るきり。いまの状態を説明することはなかった。アンネには申し訳ないと思った。

でも彼女は「私にできることがあったらなんでも言ってください」と言い、好物のコーンスープを私にくれた。そして先に部屋に戻っていった。

アンネの気遣いに接しても、返事さえろくにできなかった。

レストランの隅にはグランドピアノ。

弾いている人はいない。でもピアノの音がスピーカーから流れている。

私が最後にピアノを弾いたのはいつだったろうか。

いつかまた、ピアノを弾く日が来るだろうか。

ナプキンを皿の上に落とし、レストランをあとにした。

＊

その日の午後、私は寝込んだ。

頭がいたかった。胸もいたかった。

父と母が死んだのは昔のはずなのに、まるで昨日いなくなってしまったみたいに思えた。ふたりの喪失をひしひし感じた。

アンネは薬を買いに行ってくれた。私をひとりきりにしてくれるのは彼女なりの配慮かもしれない。あまりだれかと話したい気分ではなかったから。

とはいえ、ひとりはひとりで、それなりの苦しみもあった。

じっとしているあいだ、悪い想像に精神を蝕まれないように戦っていた。

油断しているとすぐにあの日の光景がこころを侵そうとした。絶えず振り払うのは消耗した。


ふとベッドから出て、先日現像した写真の束をリュックから取り出し、床に並べた。

どの写真もよく撮れていた。どのシーンもおぼえていた。でも撮られていないシーンをすべておぼえているかどうかは自信がもてなかった。

もしかしたら自分は、父と母が死んだ日をわすれていたように、また別の重要ななにかをわすれているかもしれない、そんな考えに取り憑かれたらいてもたってもいられなくなった。なにせ私はわすれたことさえわすれていた。床に並んだ写真を見つめながら自身の記憶の不確かさを想った。

カレンの言った通りだった。写真はダイアリーを保有する人間がつける記録の形態として有効に機能するものとは言い難い。彼女のアドバイス通り、私も日記をつけておくべきだった。

屈んで、写真を一枚づつ集める作業はむなしかった。

次にリュックから取り出したのはカレンが遺した手帳だった。

手帳。彼女がつけていた日々の記録。

読んでいいものかどうか迷った。

でも結局、少々のうしろめたさを覚えながらもそれを開いた。私は救いを必要としていた。

＊

アンネが戻ってきたとき、私は窓から男の家を見ていた。

「具合はどうですか」とアンネは言った。「気分はよくなりましたか」

私は頷いた。

それから、簡潔に心境を吐露した。

「私はカレンのためにあの男への復讐を遂げるよ」

久々にまともに発した言葉がそれだったから、アンネにしたらわけがわからなかったと思う。そもそも彼女はきのうきょうの私の混乱や葛藤の詳細を知らないのだ。

正直に言えば、まだ決心はできていなかった。

頭では復讐をすべきと考え、こころではもう手を引くべきと感じていた。

それでもアンネに先のように言ったのは決意をかためるためだった。

私はカレンのために、きちんと目標を完遂するほうへ傾きたかったのだ。

しかしアンネは私の迷いを見透かしたかもしれない。それについて意見を述べなかった。

「いまはまだからだを休めていたほうがいいですよ」彼女は言った。「疲れがあるでしょう。指だってそんなだし。明日にでもまた医者に診てもらったほうがいいと思います。傷口は清潔にしないと」

彼女は買ってきた薬をテーブルの上に置いた。

「これから晩ごはんを食べますがリリイさんは？」

私は首を振った。

「そうですか。なにか簡単に食べれるものがあったら帰りに買ってきますね」

彼女は再び部屋を出た。私はまたひとりになった。

窓から離れ、ベッドに横になった。

今度はあっさり眠れた。

＊

夢と想像と現実はちがう。それぞれがまったくべつもの。

だけど現実は記憶の一部だし、記憶の一部は想像のはず。

そして夢は、記憶と想像がごっちゃになったものだろう。

べつに難しい話をしたいわけじゃない。

でも夢が夢だと気付いたときに、まず考えたのがそのことだった。


私はカレンと故郷のまちを歩く夢を見た。

彼女の手帳で言うところの十月一日の出来事を寝ながらにして想像していたのだ。

私にはその日の記憶はない。しかしカレンの手帳には記されていた。私は、たぶんその日をわすれてしまったんだろう。おそらくは魔法の本を使って。

手帳を閉じてから考えていたのはずっとその日のことだった。ふたりが故郷で、どんなふうに最後の一日を過ごしたのかについて想いを馳せずにはいられなかった。だから夢にまで出たのだと思う。

夢の内容は大したことない。おおむね手帳に書かれていたことに沿って展開されていたし、きちんと夢らしくシーンがあっちに行ったりこっちに来たりしていた。はっきり言って内容の大半はもうおぼえてない。目覚めとともに頭から抜けてしまったみたい。

ベッドから起き上がってもしばらくぼんやりしていた。

夢への未練がいっぱいだった。

私はもう一度カレンの手帳を引っ張り出した。

十月一日。私は自分の想像と彼女の記した事実を照らし合わせた。なんとなく重なっていたし、なんとなくちがっていた。カレンは現実でも夢でも素直じゃなかったってことはわかった。微笑ましいことだと思った。

ぱらぱらとめくった。カレンは几帳面だった。どの日の欄にもきれいな字でびっしりと記録が綴られていた。あらためて読んでみてなにより私のこころを惹いたのは、カレンの復讐に対しての意志の強さだった。情熱が弱まらないように、彼女は毎日、標的たちへの怒りと呪いを記していた。

思えばカレンが私の指を撃ったあのとき、この手帳を見せていれば彼女を説得できたかもしれない。自らの言葉で記した記録は彼女の記憶の欠落を補いもしただろう。でもまあ、いまさら遅いか。あのときはあのときで余裕がなかった。そんなこと思いつきもしなかったし、そもそもこの手帳の存在さえわすれていた。

手帳を閉じ、部屋を見回した。

高揚と落胆の入り混じる不思議な気分になった。

高揚の理由。カレンをとなりに感じられたこと。夢のなかだけど。

落胆の理由。カレンがとなりにいないこと。あの男が彼女を死なせてしまった。

リュックに手帳を戻すとき、底のほうでくしゃくしゃになった紙を見つけ、取り出した。

カレンが私の指を撃った日、小屋に置いていった写真だった。病院の駐車場前の芝生で寝転んだふたりの顔を写したもの。
両手で紙を挟み、丁寧に伸ばした。
写真のなかで私とカレンは笑っていた。彼女より私のほうがかわいかった。
彼女の金色の髪と私の黒髪が扇状にひろがり、重なっていた。
つくづく思い知らされた。
この短い旅のあいだ、ふたりはパートナーだったのだと。

——リリイ、ほんとうにありがとう。あなたがパートナーでよかった。

彼女はかつてそう言った。

——だからがんばりましょう。次の一件が最後です。わたしから父を奪った悪党への復讐にちからを貸してください。

＊

アンネが帰ってきた。
「おいしそうなドーナッツがありましたよ」彼女は言った。「チョコ味はお好きですか？」

「アンネ」と私は言った。「私はカレンのためにあの男への復讐を遂げるよ」

「そのことば、さっき聞きましたよ」

アンネは袋を置きながら言った。

さっきの言葉とはちがうよ、と私は思った。

さっきのは自分に言い聞かせるための言葉で、いまのはカレンのための言葉。

「だからおねがい。もうすこしだけ私に付き合って」私は言った。

「付き合うのはかまいません」とアンネは言った。「でもわからないんです、復讐に意味なんてあるんでしょうか？」

私にとってはない、と言った。

「でもカレンにとってはある。だったらそれで十分。いまはそう思えるの」

彼女は肩をすくめた。そしてバスルームのドアを開けた。

目にもの見せてやるんだよ。

私は小さな声で言ったけど、アンネはもうそこにいなかった。

ドーナッツの入った袋からはチョコレートのにおいがした。

＊

翌日は朝から午後五時までアンネが見張りを引き受けてくれていた。

「女のほうは一時間前に車で外出し、ついさっき帰ってきましたよ」

戻った私に彼女は報告した。

「それ以外に目立ったことはありません。男のほうは帰ってきていませんが、連日の行動を見るに夜七時には帰ってくると思います。手の具合はどうでした？」

「なんてことなかったよ」とは言ったものの、病院で指が潰れた部分を処置されたときの激痛と言ったら。ガーゼを剝がすだけでもたまらなかった。そこから先は言うまでもない。

「きょう、女はなにをしに出かけてたかわかる？」

「灯油を買いに行っていたみたいです」アンネは言った。「車から降りたあと、トランクからポリタンクをふたつ出してガレージの奥にしまっているのが見えました」

「なるほど」

「役に立たない情報ですね」

「役に立つよ」私は言った。「ものすごく」

空気砲の手入れが終わると、私はインナーベルトにそれをねじ込んだ。

鏡の前でカチューシャを嵌めなおし、髪を梳いた。

それから朝干して出かけた黒いワンピースに着替えた。

洗いたての洋服からはせっけんの匂いがした。

「アンネ」彼女に言った。「ちょっと出かけてくる。あなたはここで待ってて」

「……行くんですか？」

「そう。いまが都合がよさそうだから」

「……いっしょに行きます」

「来ないで」私は言った。「危険な目に遭わせたくないしね」

それからブーツを履いた。ポチャ。結局、ほかの名前は思いつかなかった。

「万が一、私が戻ってこなかったら先に帰って。それから窓の外はもう見ないで」

アンネは不安そうな顔をしていた。縋《すが》るような目だった。

「この部屋にひとりで残されてもなにもすることがありません。行かないで」

「ごめんねアンネ」私は言った。「でも私がやらなきゃならないから」

「……復讐に意味なんてあるんですか？」

彼女が言った。昨晩も聞いた言葉だった。

「やられてやりかえしていたらきりがありませんよ」

「そんなことない。そのための魔法の本だもの。私が最後の一撃を加えてやるの」

「……どうしても行くんですか」

「もう決めたことだから」

「やっぱりわかりません」アンネは言った。「……なぜ、こんなことをするのでしょう」

「簡単に言えば」

私が言った。

「復讐せずにいるのがいやだから復讐するの。それだけ。理にかなった動機でしょ？」

22　第四の復讐（よにんめ）

まずガレージに忍び込んでふたつのポリタンクを盗み、敷地外に隠した。

それから家の裏手に回り、ポンプを使って給湯器から残りの灯油を抜いた。

準備が整ったあと、家の正面に戻り、ベルを鳴らした。


女に家のドアを開けさせるのは簡単だった。

ドアスコープのこちらがわで困った顔をしていればいい。

無表情はだめ。強盗だと思われる。

微笑んでもだめ。悪徳セールスだと思われる。

美少女がドアの向こう側で困った顔をしていれば、男でなくとも、ドアを開けずにはいられない。

世の中はある側面においては美少女にそこそこ甘くできている。


女はドアを開けてこちらを直視したときに私がだれだか気付いたみたいだった。

でもそのときには手遅れで、私の左手に握られた空気砲は彼女に向いていた。

「叫ばないで」

私は言った。

「言うことを聞けば痛めつけたりはしないから」

＊

女が出て行ったのを車の音で確認したあとで、私はクローゼットから出た。

家はまっくら、私以外にはだれもいない。

私はソファにすわってあの男を待つだけでいい。

時刻は六時半。あと三十分かそこらでターゲットは帰ってくるだろう。


女を家から追い出せて安心した。巻き込みたくはなかった。

とはいえ、怖い思いをさせてしまったのは申し訳ない。

考え方だけでなく、やり方までカレンに似てしまったみたい。

スタンドは最寄りでもそれなりに遠い。決着がつく前に帰ってくることはないだろう。

どうやって女を家から追い出したか？　答えは簡単。ダイアリーを使った。

そう。私は魔法の本の回収に成功した。

＊

彼女を空気砲で脅した私は家に上がり込むと、まず金庫を開けさせた。

金庫は複数設けておくというのがこの国の常識だったので、最初に案内されるのはカムフラージュ用のものだろうと思ってはいた。案の定、大した額は入っていなかった。もちろんダイアリーも。

しかし魔法の本の隠し場所には心当たりがあった。

女の口を塞ぎ、リビングの柱に縛りつけたあと、私は書斎に向かった。


ダイアリーは思った通りの場所にあった。

本棚。

安っぽいブックカバーがかけられていたが、厚みやサイズはごまかせない。

手間取ることなく目的の本を探り当てることができた。

特殊な場所に保管するようなばかな真似はしないだろうとは思っていた。それじゃ『この本はとりわけ価値があります』と言っているようなものだし。隠しているものは強盗に片っ端から持って行かれる国だもの、隠さずに保管しておくほうが利口というもの。古書コレクターの強盗に襲われでもしない限り、本棚を探られることはあっても本を持って行かれることはない。

ダイアリーを回収したあとはリビングに戻り、彼女の拘束を解き、ダイアリーにきょうの日付を書かせた。ボールペンを握る指は震えていた。かわいそうだと思ったがしかたなかった。

それから彼女に、ソファに横になれと指示した。

無抵抗な女は言われるがまま。

私は台所に行ってレバーを捻り、湯を出した。

ザー。

静かな家の中にシンクを叩く水の音が響く。

私はクローゼットに隠れ、ダイアリーを閉じる。リビングの様子を戸の隙間から観察する。

ソファの上で目を覚ました女は、まずあたりを見回す。

いつの間に寝てしまったのだろうと疑問に思ってるのかもしれない。

キッチンでは水道が出っぱなし。ナビゲータの赤いランプが点滅している。

『灯油切れ』

彼女はキッチンに行って水道を止める。終始、両手で頭を掻いている。

その日の自分がなにをしていたのかまるで思い出せないのは不思議な感覚だろう。

彼女は車のキーを持つ。灯油を買いに行くはずだ。

きょうの日付を書いた彼女は灯油を買ったことをおぼえていない。スタンドが閉まってしまったら風呂を沸かせなくなるとでも思っているかもしれない。

彼女は急いで家を出る――。

罪なきひとを空気砲で脅し、そしてそのことも含めて不都合な事実をわすれさせるというのは卑怯なやり方だ。カレンが生きていたら糾弾されたかも。

――リリイ、綺麗事ばかり言ってるくせにあなたもわたしと同じことしてるじゃないですか。

まあね、と私は思う。

暗い部屋の中で彼女を想うと自然に笑みがこぼれた。

*

七時三分前。

男はほぼ予想通りの時間に家に帰ってきた。

ポーチを歩き、鍵をじゃらじゃら鳴らし、三つのロックを開けた。

私が待つまっくらなリビングに入ってきた。

彼は電気を点ける前からこちらの存在には気付いていたと思う。

ソファの上の私の姿を見ても驚かなかった。

「動かないで」空気砲を向けた。

「リリイ・ザ・フラッシャー」と彼は言った。「テレビで見た方が美人だな」

「よく言われる」私は言った。「みんなそれが気の利いた文句とでも思ってるみたい」

男が締めるネクタイはオレンジとブルーのストライプだった。彼はブラックのジャケットをドアの脇に置くと両手を挙げた。

「まずは礼を言うよ」男は言った。「彼女を巻き込まないでくれた。玄関で家の異変には気付いていたが、ガレージに車がないのを見て心底安堵した。あなたは卑劣な人間ではないようだ」

男の細い顔は、どこか爬虫類を思わせた。

「それにこころも強い。つらい記憶がよみがえっても復讐の意志を持ち続けたことに感服する。ふつうは後悔の念に押し潰されるもんだ。復讐なんて考えはむなしいだけになる」

私はダイアリーをかざし、男に見せた。

「これ、取り戻させてもらったから」

「いいさ、持っていけ」彼は言った。「前に言ったとおり、もう必要ないものだ」

本棚にペンは見当たらなかった。たぶん、本とは別の場所に保管している。

「抵抗するつもりはない。彼女の安全が知れたいま、俺はべつにどうなったっていい。だがどこかに腰掛けたい。カウンターのスツールに座ってもいいか」

「手は隠さないで。おかしなことをすれば撃ち抜く」

男は空気砲と右手の包帯を交互に見たあと、言った。

「リリイ・ザ・フラッシャーは左利きだったかな」

ばん！

私が空気砲を撃つと男の眼鏡のテンプルが飛んだ。支えを失った眼鏡は床に落ちた。

「もう左効きなの」私は言った。「だから妙なことは考えないでね」

男をスツールに座らせ、私は彼のまわりをうろついた。

カウンターの上にはいくつもの錠剤と粉薬、それから液体の入った瓶と注射器があった。女ものだろう。手前の小さな紙袋には服用上の注意が記されていた。

「まずいくつか訊きたいことがあるの。正直に言って。あの恋人が帰ってくる前にぜんぶ片をつけたいでしょ」

「フィアンセなんだ。もうすぐ結婚する」

「そう。めでたいのね。長くもなさそうなのに」

自分でもきついことばだと思った。でもいい。私は傷つけるために言ってる。

「長くないからこそ結ばれるんだ。それが彼女にしてやれる一番のことだから」

「なんだっていいの、そんなの。あなたがはきはき答えれば大事なフィアンセが撃たれずに済むと思わない？」

ばん！

私は男の耳元で発砲した。

「まずこれはカレンのぶん」

彼は反射的に顔をのけぞらせ、苦悶の表情を浮かべた。キッチンの壁には穴があいていた。

「本当はいますぐからだを撃ってもいいんだけど」私は言った。「楽しみはとっておかないと」

彼は手首で右耳をこすった。音が聞こえるかどうか、まだ耳が耳として機能しているかどうかを確認しているようだった。

「まず最初の質問。四年前、カレンの家に乗り込み、彼女の父親を殺したのはあなたたちでしょ。教えて。なんのために彼女の父親を殺してまでダイアリーを奪おうとしたの？」

「それはあの小娘が死んだことと直接関係ないと思うが」

「これはカレンのための復讐。彼女に代わって訊いてるの。知りたがってたからね」私は言った。

「死人に口無し。あなたが生きているうちに聞きたいことを聞いておかなきゃ」

「なあ。手を下ろしてもいいか。この体勢はあまりにもこたえる」

「強盗に遭うのはもっと快適だとでも思ってた？」

「手を上げてようが下げてようがリリイ・ザ・フラッシャーにはかなわない」

「下げたきゃ下げれば」私は言った。「でもおかしな行動はしないほうがいいよ。膝を撃たれるってすごく痛いらしいから」

＊

「はっきり言ってこの国では金を奪うのはたやすいことだ。仕事のための知識を得るより、人を脅す術を身につけたほうが効率的に稼ぐことができる。真面目に生きる人間よりも不真面目な人間の方が得をする社会なんだ。強盗なんかやって捕まれば死刑だろうが、捕まらなければいいだけのこと。真面目に生きてたっていつ死ぬかわからない世の中だ。実際、悪いことをしなくても死ぬやつはたくさんいる。あなたの親だってそうだったろう」

「そのはなしはやめて」私は言った。「まったく。みんな同じことを言う」

「俺も悪に手を染めた。暴力で金を奪う、こんなに単純な仕事はない。結果、ある程度の財産も築いた。汚い金だが金には違いない。満足を得たよ。奪った後は奪われないことだけを考えた。裕福になったあとは女を娶って家庭を築いた。子にも恵まれた。すべてを手に入れたと思っていた」

「私の質問に対する説明になっていないと思うんだけど」

「そう焦るな。説明にも順番はある」

男は言った。

「俺は愚かな人間じゃない。幸せの追求に効率性を求めたことは否定しないが、感覚としては正常な人間だ。金をいくら奪ったって、人をいくら殺したって、それが自分の幸せにつながらなければ意味がないことはよくわかってる」


私はしばしば窓の外に目を遣った。

フィアンセが帰ってこないか気がかりだった。

手前の道路からエンジン音が聞こえるたびに肝を冷やした。

幸いにも、車は通り過ぎていくばかりだった。


「俺には家族がいたんだ。家族といることがなによりの幸せだった。妻はかわいいやつだった。すごく正直で、俺とちがって大真面目な人間なんだ。自分に欠けているものをぜんぶ持ってた。だからこそ惹かれたのかもしれない。こどものほうはもう十歳になるだろうか。一緒に暮らしてたころは生意気ばかり言ったよ。当時は育ち盛りでね。成長を間近で見れるってのはいいもんだった」

「ねえ。こっちがそんな思い出話に興味があると思う？」私は言った。「こう見えて怒ってるの。カレンはあなたのせいで死んだ。これ以上余計な話はやめて。私が聞きたいのは、どうしてダイアリーを奪おうとしたの、ってこと」

「それこそがさっきの答えだ。『幸せ』のためだよ」

「意味がわからない」

「家庭は最初はうまくいっていた。でも最初だけだったんだ」


彼は屈んで、床に落ちた眼鏡の残骸を手に取った。

眼鏡の右側のテンプルはなくなっていたが、左側は残っていた。

彼はブリッジをつまみながら残った左側を畳んだり開いたりした。


「家にある金を俺がどうやって稼いだかを知ったとき、妻は激しく動揺した。当然だろう、馬鹿正直すぎるくらいの女だ。人間的には潔癖。俺のしていることを受け入れられるわけもない。

ショックを受けた妻の顔はわすれられない。正直に打ち明けたことを後悔した。彼女はなんとか理解を示そうとしてはくれたし、すぐに別れを切り出してくることもなかった。でもまっすぐな人間というのはどこまでもまっすぐなもので、瞳や表情から不信の色を消すことができないんだ。事実を知ってしまった日から俺を見る目にフィルタがかかってしまって、それまでみたいな熱い眼差しを向けてくれることはなくなった。以来、こどもに父親を誇るように言うこともなくなったよ。後ろめたさばかりがあるみたいだった。こどもってのは大人が思うよりもずっと敏感だな。俺の正体はなんとなくわかったらしい。あるいは母親の警戒心を感じ取ったのだろうか。いずれにせよ、怯えながら俺に話しかけるようにもなった。父親としてはひどく打ちのめされるできごとだ」

そして男は、眼鏡の残骸を床に放った。かちゃん、と音が立った。

「つまり俺は愛する人からの信頼を取り戻すためにこそあの本を手に入れたかったんだ。金は十分に得ていた。幸せのために足りないのは特定のだれかからの信頼だった。

妻は配偶者として俺を支え続けたが、明らかに愛の形は変わってしまった。ある日、遠回しにあのクリニックを勧めたこともあったが断られた。なぜかって？　彼女は誠実すぎたからだ。不都合な記憶を消しながら生きることはごまかしだと言った。娘にもだ。そして、そんなことを勧める俺に対しての不信感をいっそう募らせた。最後には俺も強引なことをした。無理やりクリニックに連れて行こうとさえも。妻は抵抗し、やめてと叫んだ。嫌われることは恐れなかった。クリニックに行けばその記憶もろとも多くの不都合な事実をわすれさせてもらえると思っていた」

「残念だけどあのクリニックは」私は言った。「そういう自分勝手な依頼は受付けなかったはず」

男は笑った。

「知ってるよ。妻を連れ込んだクリニックで同じことを言われた。結局、俺のしたことは単なる自殺行為に等しい。信頼を取り戻したい一心でした行為が、結果的には信頼を奪っていった」

男は手を右から左に動かした。

「底まで浚《さら》って、あとにはなにも残らなかった」


彼は床に落ちた眼鏡を、ただじっと見つめていた。


「金は奪える。もし奪われても取り返せば解決する。だが信用は、愛は、まるきりもとのかたちでは取り戻せない。目に一度かかってしまったフィルタを完全に取り除くことはできないんだ。だから俺は魔法を必要とした。この悪への誘惑の絶えない世界においてなお、人間は自分にも相手にもある種の誠実さを求めている。そして誠実でない自分が愛されるに価しない人間であると悟れてしまう。だからこそ生きづらい。幸せを摑みづらい。さらにたちの悪いことに、それがわかっていてなお欲望に打ち克つことはできない」

「恥ずかしいひと。自分の弱さを恥じながらも悪への誘惑に抗えないなんて」

「みなにその強さがあったのなら社会がこんな風に荒廃することはなかったんだ」

「あの本を手に入れるためにあなたは多くのひとを傷つけた。奥さんはそれを知ったらかなしむとは考えなかった？」

「知ったらかなしむだろう。だがわすれれば」男は言った。「そのかなしみは消える、そう思ってた」

　彼は右手で乱暴にネクタイを解いた。

　かつて家庭でやっていた仕草なのか、意識的な動きに見えた。

「このあいだ一年ぶりにこどもの姿を目にした。背はだいぶ高くなった。顔は細くなり始めた。笑顔がどこか俺に似てるんだ。小さな自分を見ているようだよ。話しかけられないのが残念だった。クリニックの院長を拷問にかけているとき、あの小娘のガムテープに閉じ込められた叫び声を耳にして、ひとの親としてこころが痛まなかったと言ったら嘘になる。だが自分の目的を達成するためには取るに足らないことだった。彼女のトラウマは命もろとも消してやるつもりだった。首元を撃ってやったんだ、まさか生きのびるとは思わなかった」

　男が魔法の本を入手したがった理由がわかっても怒りは湧かなかった。ただただ呆れた。悔いるような過去を作っていた男が愛する人から愛されるために都合よくもそれを消したいと願い、ひとくみの幸福な父娘を裂いた。ずいぶんばかげた話だと思った。でも驚きはしない。この世はばかげた犯罪で満ちてる。小さなものを得るために大きな犠牲を払わせる。

　ここは暴力の国。理不尽は暮らしの標準仕様。私自身、不条理な人生を生きてきた。

「クリニックを襲ってから数週間経ったある日、妻は離婚を切り出したよ。幸せな家庭での暮らしは終わった。当初は未練から魔法の本を求め続けた。まだ間に合うと思ってた。魔法の本があれば家族となにもかもをやり直せるって。

でもやがて、そんな考えにとりつかれる自分にむなしさを感じるようになった。いろんな後悔がこころを押し潰していった。次第に、魔法の本の存在もどうでもよくなった。少なくとも自分を真に救済してくれるものではないとわかったんだ。あの魔法はしょせんごまかしだ。

しかし矛盾するようだが、わすれる、という人間の習性はやはり救いだったよ。俺をどん底から救ったのも忘却だった。新しい女ができて過去の傷が癒え始めた。いまのフィアンセだよ。彼女との出会いが自分を変えた。魔法の本に固執する必要はなくなったんだ」

彼は壁を指差した。

コテージで撮影されたフィアンセとのツーショット写真が貼られていた。

「俺たちが初めて出会った場所だった。彼女はあの小屋から見える山が好きでね、毎年秋になるとあそこに行きたがるんだ。しかし残念ながらあの年以来、行けていない。遠出できるからだじゃなくなってしまった。だから俺が行く。写真を撮って彼女に見せるんだ、その年の山を」

私が島にいると知りながら彼が逃げなかった理由がわかった。

彼はフィアンセをおいて逃げることができなかった。

「あなたも知っているように彼女はもう長くない。残りの期間、あと数ヶ月をここで安らかに過ごすことを考えていた。俺たちはしあわせを手に入れかけていた。大事なひとが近くにいるってことはいいものだった」

彼は両手を上げたまま立つと、テレビ横のキャビネットから筆箱を出した。それからジッパーを開き、一本のペンをつまんだ。

「魔法のペンは返す。だからこの復讐に彼女だけは巻き込まないでほしい」

私は実物を見たことがなかったので、それが本物かどうかはわからなかった。でも受け取った。この状況で彼が偽物を出す意味はないように思えた。

最悪、偽物でもいい。

これから彼にダイアリーになんと書き込ませるかは決めてある。

その文字を書き込んだら最後、彼にできることはなにもない。

「どうか彼女には手を出さないで。頼む」

男はずっと壁の写真を見ていた。

四年前のコテージ。秋の山を背にしてふたりは手を握っていた。

言いたいことはたくさんあった。けれど言う意味もなかった。

脱力感に包まれた。結局はなにも変わらなかったというむなしさ。

やり遂げても達成は感じなかった。カレンも私も報われない目標を立てたものだと思った。

空気砲を向けたままダイアリーを開いた。

「書いてほしいことがあるの」

男は首を振った。それは拒絶ではなく、諦めと後悔のあらわれだった。

「彼女は俺を必要としてる。俺も彼女を必要としてる。あなたが俺になにを書かせたいかはわかる。でも彼女のことだけはわすれたくない」

「だからこそ書かせる意味がある。これは復讐なんだから」私は言った。「それにあなたは彼女が助かるなら自分は報いを受け入れると言った」

私が頭に銃口を押し付けると、彼はため息をついた。

「……それで、具体的にはなにを書けばいい？」

「簡単よ。たったひとことでいいの」

私は言った。

「『なにもかも』」

23　うばって、うばわれて

「リリイさーん。いつまで海を見ているんですかー」

最後の復讐を遂げた次の日はひどく風の強い日だった。

港に行っても船が出ていなかった。きょうは終日欠航とのこと。

「明日運行したとしても満席が続くよ、乗れるのは早くても明日の夕の便じゃないかな」

窓口の男に言われた。私はそうですか、と言った。

「……あれ、もしかして……」

彼は私の顔を見てだれだか気付いたみたいだったが、礼を言ってすぐに去った。

相手にしたい気分じゃなかった。

昨日男から回収した魔法のペンは本物だった。テストの結果、たしかに効果を確認した。

カレンのための復讐を果たした。彼女のおばあちゃんの大事なものも取り返せた。

堂々と故郷に帰れるはずだった。でもどうしてか、こころは晴れなかった。

「不思議だよね」波止場に立つ私は言った。「海がそんなに荒れてるようには見えないけど」

「ふてくされたって本土には戻れませんよ」アンネは言った。「それよりなにかおいしいものでも食べにいきましょうよ。昼になれば土産店も開くみたいですし」

「ここのごはん、ぜんぜんおいしくない」

「だからって食べないわけにもいかないでしょう」


アンネと私はまちを散策した。

何軒か洋服店に寄ってスカートやワンピースを試した。彼女は気に入ったのがあったら購入していた。私も試着室の中でひさびさのおしゃれを楽しんだ。もっとも、買いはしなかった。このまちのトレンドは私の好みから外れていた。服を選ぶときはいつだってこだわりを持っていたかった。

ちいさな雑貨屋ではアンネがランチボックスを買った。

「どうしてランチボックスなの？」

通りを歩きながら彼女に訊いた。

「もともと物ってあまり買わないタイプなんです。同じものを長く使うから」

「だろうね」

「でもランチボックスって複数あってもいいと思うんです。サイズで使い分けできるし、コテージのお客さんにお昼を持たせてあげることもできる。使い方、いろいろあります。それに食事を入れるというのは、こういう荒廃した世の中では、しあわせを詰めることに似てると思いませんか？蓋を開けておいしそうなおかずが入っていたら、それだけでうれしい気分になれると思うんですよね」

「やさしいね」と私は言った。「そんなこと考えてランチボックスを買う人はほとんどいないんじゃないかな」

「さて。なんて名前をつけましょうか」

「……え。それにまで名前つけるの？」

「変ですか」

「変」

公園のベンチ。彼女が手に持った弁当箱は白色。大きなせっけんみたい。

私たちは並んでパンを食べた。ハムとチーズを挟んだだけのシンプルなものだった。

「こんなふうに旅行したのって初めてなんです」アンネは言った。「箱入りというわけではなかったのですが、私はあの土地から離れたことがほとんどありませんでした。親族も外は危険と言っていたし、私もあそこでの生活に不満を抱くことはなかったので。大事なものはぜんぶあの土地にありましたから」

「もしかしてホームシックになってる？」

「多少は」とアンネは笑った。「だってこんなところまで来るの初めてですよ。さみしくもなります」

彼女は栗色の髪を梳いた。乱された髪がパンとともに口に入ったのを私に見られたことに気付くとはにかみもした。

「ハリケーン、アンネが使うといいよ」

「えっ、いいんですか」

「私のじゃないけど。たぶんカレンも、使う人がいれば喜ぶと思う」

「うれしい。私、バイク乗るの好きかもしれない」

アンネは私のほうを見て、言った。

「カレンさんのこと、まだひきずっていますか?」

「わからない」私は言った。

「つらい思い出をわすれたいと思いますか?」

「それもわからない」私は言った。「でもいずれぜんぶわすれるとおもう。そのための魔法が手元にはあるし。この旅を始めた時からそのつもりだったし」

「わすれるのはかならずしも悪いことではありません。一方で、わすれないことも大事です。物を大切にしてきた祖父や父は、しばしばわすれないことの意義を私に説いてくれました。たぶん、私たちに必要なのは胸になにかを抱きしめながら生きることなんです。幸福や満足、痛みや苦しみ。良いものもあれば悪いものもあるでしょう。そういうすべてをふくめて、まるごと。

わすれる、というのは大事に抱きしめていたそれを自然なかたちで解放してあげることなんです。物や思い出を、所有者たる個人の想い入れからすり抜けさせてあげる。恋人とのわかれ、死別した家族への無念、なんでもそうです。事実それ自体をわすれることはないでしょうが、当時のかなしみや悔しさをそのままおぼえている人はいません。みな負の感情を、そして残念ながら正の感情さえも、こぼしながら生きるのです。だからいいんだと思います。わすれるものがあってこそ、おぼえているものにも価値がある。でも、わすれたくないものをわすれたくはないじゃないですか。その瞬間を、その物体を、どうやってか自分の記憶に引きずり込みたい。人間にはそういう無意識的欲求があるはずです。だからものに名前を付けるし、日記をつけるし、写真を撮る。見た風景を音楽やにおいとともに記憶に刻む。情報の整理のためにリンク付けを図る。砂嵐みたいに理不尽できまぐれな忘却から、すこしでも自分の大事なものをまもろうとする。けれどそういう抵抗にも限度はあります。感情にまつわる記憶については特にです」

風が砂場の砂を巻き上げていた。

落ち葉が左から右へと吹かれていった。

パンを噛むと、たまにじゃりじゃりした。

「忘却って不思議なものです。自分でコントロールはできません。だからなにをわすれ、なにをおぼえておくかは、その人がどう生きるかに従ってオートマチックに決定されていく、私の父はそう言っていました。

リリイさん。

あなたがカレンさんのために復讐を望んだ気持ちはわかります。でももう、同じことを繰り返さないでください、リリイさんのために。悔しさや憎しみ、怒り。そういうものは自分が正しいと思う生き方をしていれば自ずと薄れます。忘却は信念に寄り添って働いてくれます。もちろん世の理不尽には対抗すべきでしょうが、そのために自分が汚れる必要はないし、生き方を変える必要もないのです」

「忘却は信念に寄り添って働く」私は彼女の言葉を繰り返した。「アンネ自身はそう感じたこと、ある？」

「いつも感じています」アンネは言った。「私の信念を、忘却はそれほど裏切っていません。名付けた物たちとの思い出の多くはまだ奪われていないですから。もっとも、おぼえてるつもりでわすれていることも多いでしょうけどね」

「そっか」私は言った。「私も自分が正しいと思える生き方ができれば、記憶のふるいが大事なものだけを残し、不要なものを振り落としてくれるのかな」

「そうですよ。きっと」彼女は言った。

「故郷に帰ったら新しい生き方を探すよ」私は言った。「苦い記憶や負の感情にばかり振り回されない、もうちょっとポジティブな生き方を」

「よかった」アンネは言った。「リリイさんには明るい生き方が似合うはずです。笑っていたほうがずっといい」

以前、カレンにも同じことを言われたのを思い出した。

わずか半月前の出来事なのに大昔のことのように感じられた。

「魔法の本がなくとも人はわすれます。むしろ魔法の本に頼らない忘却のちからをこそ信じるべきなのです。リリイさんはきっと、これまでの記憶を抱えながらだって新しい人生を歩めますよ。不要なものは自ずとこぼれおちていくでしょうから」

「それはどうかな。抱えて歩くには重すぎる記憶だってあると思う。四人目のターゲットは、魔法の本で記憶を消すことはごまかしだと気づいたって言ってた。それはまっとうな考えにも思えた。でも私はね、真実を知らずに生きるってそんなに悪いことじゃないと思うの。人間がかならずしも事実に向き合って打ち勝てるとは限らない。苦い真実を知るくらいならごまかしや嘘に守られていたほうがまし。そう考えるひとがいてもいいいんじゃないかな。実際、カレンの家の人たちはそう信じたからこそ、ダイアリーを記憶に悩む人々のために使ってたわけだし」

「その考え方もわかりますよ」アンネは微笑んでくれた。「カレンさん亡き今、魔法の本はリリイさんのもの。使いたいように使えばいいのです。私はただ、使わずにいるっていう選択肢もあるって言いたかっただけですから」

「なんかごめん、意見を否定するつもりはなかったの」私は言った。「でもありがとう」

「ぜんぜん」彼女は首を振った。「リリイさんにも、もうすぐ輝く十六歳がやってきますね」


食事を終えるとふたりで今朝まで宿泊していたホテルに戻ることにした。

予約は切れてるが、たぶん空いているだろう。

海路が断たれたきょう、ほかに宿泊客の受け入れ予定があるとは考えづらいもの。

そういえばランチボックス、なんて名前がいいですかね。

アンネは歩きながら言った。

＊

次の朝は晴れていた。風は穏やか。窓を開けると草の匂いがした。

シャワーを浴びたアンネは白いワンピースを着た。

私が持っているやつに似た、ルーズなシルエットのタイプ。

「きのう買ったんです。リリイさんが着てるの見てたら欲しくなっちゃって」アンネは言った。

「白ならいいですよね？」

「私はダークカラーしか着ないから」

「真似されて怒ってますか？」

「まさか。女の子はみな美少女の真似をしたがるもの」

「よかった」

「似合ってるよ、アンネ。私くらいかわいい」

彼女は笑って、鏡の前でくるりと一回りした。ワンピースの裾は空気を含んで浮き上がった。

アンネはそれから私の右手のケアをしてくれた。毎日、彼女の世話になってる。ひとりだと利き手に消毒液をかけて包帯を巻きなおすのは難しい。変なちからが加わったときの痛みは耐えがたい。

私の手を持つアンネの手は柔らかく、あたたか。

「いつもごめんね」私は言った。

「いいんですよ、べつに」アンネは言った。「こんなの大したことじゃないんですから」


船着き場は思ったほど混んでいなかった。

待合室はがらがら。便にも席の余裕があるらしい。

「昨日は一本も出せなかったからね。きょうは本数を増やしてるんだよ」窓口の男は言った。

「よかったですねリリイさん。本土に帰れそうで」アンネは言った。

時間まで、波止場をうろうろしながらどうでもいいことを話し、待った。船の到着が近づくと私はミネラルウォーターとキャンディを求めて売店に行った。癖が抜けていないのか、気付けばカレンが好んだミルク味を買っていた。私はソーダ味のほうが好きなのに。

戻ると、アンネは海を眺めていた。彼女の後ろ姿はわたしのようだった。ゆるいワンピースのシルエット、小さな頭。私もはたから見たらあんな感じのスタイルなんだろう。わるくないと思った。


ばん。


銃声が響いた。

次の瞬間にはアンネが倒れた。彼女の背中からは血が流れていた。

振り向くと銃を持った女が立っていた。

顔には見覚えがあった。

フィアンセ。


「アンネ！」

私は駆け寄った。アンネは即死だった。銃弾は左胸を貫いていた。

彼女がなにかことばを残すことはなかった。閉じきらなかった口はかすかに笑みを残していた。

「アンネ！　アンネ！　ねえ！」

私はからだを揺すった。揺すっても起きないだろうとわかっていても揺すった。

「アンネ！　……アンネ！　ねえ、アンネ！」

呼びかけるのはやめられなかった。

呼びかけをやめたらその瞬間に彼女を諦めることになるような気がした。

自分の声が震え始めていることに気付いた。

カレンの亡骸を見た時よりも、ずっと、ずっと恐ろしかった。

「ここは暴力の国」フィアンセは言った。「奪われたら奪う。やられたらやりかえす。あなたはあたしの大事なひとを奪った。だから同じことをしてやったの。どう？　こころが痛いでしょ」

自分の心臓がばくばく胸を叩く。

ここが、今いる場所が、現実とは思えない。どうして私はアンネのからだを抱いている？

「どう？　かなしいでしょ。これが報いよ。あなたの罪に対しての」

「……黙れ！」

私はインナーベルトから空気砲を抜き発砲した。

銃を弾かれた女はしばらく私を睨んだあと、去った。

私は左手の空気砲を地面に置き、ふたたびアンネの顔を撫でた。

「ああ……アンネ、アンネ。うそでしょ。ねえ。アンネ……」


泣かないでリリイ。

私は私に言い聞かせる。

泣いちゃだめ。泣くのはだめ。

両親を失ったあの日を最後に、私は泣かないと誓ったはず。


アンネのからだが白くなっていく。彼女からあたたかみが消えていく。

まわりの音が遠くなっていく。

青空の下、白い地の上で、自分から離れていくものの存在を感じる。


通行人が手を差し伸べてくれることはない。

みな私たちを避け、駆けていく。目の前で悲劇が起きていても助けない。

ここは暴力の国。

だれもが自分をまもることで精一杯。他人の争いに関与などしたくない。

私とアンネは道のまんなかでふたりぼっち。


泣かないでリリイ。

私は私に言い聞かせる。

泣いたら負け。泣くのは負け。

もう自分を不幸にしたくはない。勝ちはいらないけど負けもいや。


思えばアンネの言った通りだった。みなが復讐をしたら報復がどこまでも続くことになる。

かつてのカレン、そしてカレンに感化された私は、魔法の本があれば自分のターンでそれを終わらせられると考えていた。自分が最後の一撃を見舞って、記憶を消して、ぜんぶなかったことにする。報復の輪廻を魔法の本で終わらせる。そういう卑怯な復讐をわたしたちはやるはずだったのだ。

でもそれはうまくいかなかった。

結果的にその循環に、無関係のアンネをも巻き込んでしまった。

――やられてやりかえしてたらきりがありませんよ。

アンネはかつて私がカレンに言ったのと同じことを言った。

いつから私は自分を見失っていたのだろう。


復讐はここで終わり。

アンネの亡骸を抱きながら、私は地面を見つめるばかり。

結局、最後にやる側にはなれなかった。

これ以上やり返してもしかたがない。悔しさと痛み、苦しみを飲み込むしかない。

あのフィアンセの女を追ったってなにも変わらない。

そう。追って撃ち抜いてやったって、なにも……。

固く目を閉じた。

かなしみはいずれ薄れる。苦しみも消える。

人間はわすれることができる生き物。いつかこの日の痛みから逃れられるときがくるだろう。

でも悔しさとは、憎しみとは、簡単には共存していけそうにない。

どんなに自分を落ち着けようとしたって、怒りに手が震えるのを抑えられない。

……あの女を殺しても意味がない。意味がないのはわかってる。

だとしても……。


——一生を終えるときは、この敷地内のどこかの小屋で、家族に見守られながらおだやかにいなくなりたいのです。自分が愛する人々に、自分が愛した小屋に囲まれながらこの世を去れるというのは、とてもすてきなことですよね。

アンネの言葉がよぎった瞬間、私は悔しさを抑えきれなくなった。
顔を上げ、女が去っていった先を睨んだ。
アンネのからだを地面に横たえ、空気砲片手に走った。
やりかえさずにはいられなかった。

＊

ドアの鍵は開いていた。
たとえロックがかけられていても破る予定だった。
中に押し入ると、リビングのソファの上で男とフィアンセが手をつないでいた。
すべてをわすれた男は空気砲を持つ私を見て怯えた。
彼は身を捩って顔を背けた。「ううああ」と情けない声をあげた。
ソファの、彼が座るあたりは汚れていた。
その場所で何回か失禁したようだった。部屋中に尿の匂いが立ち込めていた。
「ぬっ、うう、ふわあああああ、うっ、ぬうう」男の奇声は響き続けた。

リビングのテレビにはビデオカメラが繋がれていた。

映像は一昨日の夜のもの。キッチン側から広角でリビングが撮られている。カウンターのスツールの前で、私が男に銃を突きつけているシーンで静止中。リリイ・ザ・フラッシャーの顔がはっきりと映し出されていた。どおりで私と会ったことをわすれたはずのフィアンセが私に辿り着いたわけだ。昨日から船着き場を張っていたんだろう。リリイ・ザ・フラッシャーは目立つ。窓口の男が見逃すはずもない。

屋内に防犯カメラが設置されていることは多くない。強盗はしばしば覆面をしているし、あるいは顔を隠さない悪党どもは、目撃者を殺し、カメラを壊していくものだから。

でもこの家には付いていた。私にはいま、その理由がわかった。

この家の屋内カメラは防犯用ではなく記録用なのだ。

——ダイアリーみたいなものを持っていると、なにより自分の記憶の不確かさがこわくなるんです。ゆえになんらかの手段で記録をとっておくことが意味を持ちます。記録だけが、自分の記憶が確かであると感じさせてくれる唯一のものなのです。

カレンの一家の場合は手帳だった。私の場合は写真だった。そしてこの男の場合はビデオカメラだった。みな自分の記憶の不確かさを補うために記録を必要としていた。

私は女に銃を向けた。

奇声をあげる男の横で彼女は静かだった。

汚れた服を着た男に自分の肩をもたせかけた。手は固く繋がれていた。

「撃ちたかったら撃って」彼女は言った。「あたしは彼とともにここにいる。撃たれようが脅されようが、どこにも行かないし、なにも書かない」

彼女は穏やかな顔をしていた。

「……その男は、もうあなたのことなんかおぼえてない」私は言った。

「知ってる」と彼女は言った。「それでも隣にいるのがいいの。大事なひとだったから」


大事なひと。

私は大事なひとを奪われ続けた。失うばかりの人生だった。

奪ったのは見知らぬ悪党どもで、この男で、この女だ。

悪党どもは殺した。男にも復讐を果たした。あとはこの女だけだった。


「死ぬのは怖くない」彼女は言った。「この人と結婚もできそうにないしね」

そして、握っていないほうの手で怯える男の腕をさすった。

彼は顔をせわしなく動かし、しきりに肩で右耳をこすった。

たまにこちらの様子をうかがい、目が合うとすぐに背けた。

「……あなたは私でなく私の友人を殺した。なんで私を撃たなかったの？」

「さっき言ったでしょ。大事なひとを奪われた気分を思い知らせてやりたかったの」

「なるほど。じゃあ私もこの男を撃ち殺す」

「別に止めない。この人はもうなにもおぼえてないの。たぶんこの世に未練もないと思う」

「……そしてそのあとにはあなたも」

「それも別に」彼女は言った。「ほうっておいたって死ぬ身だもの」

女は男の頭を撫でた。親が赤子をあやすみたいな、やさしい腕の動きだった。

「さあ」彼女は言った。「さっさと済ませて」


左手は揺れて引き金にかけた人差し指にちからが入らなかった。

銃がこんなにも重いと感じたことはなかった。

腕が重さに耐えかねたみたいに震え、照準は定まらなかった。


ばん。


彼らの後方の壁に穴が空いた。

「ひっ、ひいい！　ふあ、あああぁぬううう！」

男は喚いた。銃声に驚き、足をばたばたさせた。

「大丈夫よ」女は男に言った。「大丈夫だから」

男に語りかける女が涙を流しているのを見て、なぜだか私も涙を流さずにはいられなかった。私が彼女から大事なひとを奪い、彼女が私から大事なひとを奪った。でも彼女の隣でその大事なひとはまだ生きていて、私にはもういない。左手に怒りを込めてなにかを知らしめたいと思った。

頭をよぎった言葉は「負け」の二文字だった。

それを振り払いたいがためにもう一度狙いを定めた。でも撃てなかった。涙を拭おうとして右手を顔に近づけたとき、包帯の下の消毒薬が香った。今朝、ホテルの部屋で巻いてくれたアンネの顔が、涙の中に鮮やかに蘇った。記憶の中で、彼女は笑っていて、それがいっそう私をかなしくさせた。

女は私の顔を無表情で見つめていた。

握りあったふたりの手の中で十本の指は絡み合っていた。

ばかばかしい、と言い、空気砲をおろした。

テレビとカメラとテープを壊し、家を出た。

女にはなにもしなかった。

＊

アンネの亡骸のもとに戻りながらキャンディを舐めた。
カレンが好んだミルク味。旅が凝縮された味だった。
陽の光が照りつけていた。
黒い影が石畳の上に伸びていた。
風がないのに寒かった。
歩くのが疲れた。

エピローグ　わすれて

アンネの死を伝えたとき、用務員は泣き崩れた。

うそだ、うそだろ、と彼は言った。

うそじゃない、と私は言った。

彼は咽び泣いた。利用客は訝しげな目をこちらに向けながら脇を通り抜けていった。

落ち着きを取り戻したあと、用務員は方々に電話し悲報を知らせた。数時間後には知人が集《つど》った。


アンネの遺体はヴェルデンという名の小屋に運ばれ、まわりを親族が囲んだ。

みなが若く美しかった娘の死を悼んだ。

棺のまわりは彼女に縁のある物品で埋め尽くされた。

自転車、エプロン、食器、家具、掃除道具、本、かばん、そしてランチボックス。

どれもアンネが我が子さながらに育てたがったものたちだった。

思い出とともに眠れ、とアンネの亡骸の前で十字を切ったひとが言った。

思い出とともに眠れ。

小屋の中で見るアンネの顔は、いくらか安らかなものに見えた。

＊

孫の死を知ってもカレンの祖母は驚かなかった。

そういう世の中だからね、と彼女は言った。

カレンの祖母は手帳にメモされたとおりの場所、郊外のホテルに宿泊していた。窓から山の見える部屋だった。

墓に石はありません、と私は言った。

代わりにカレンの愛車が置かれています。彼女はその下で眠っています。

「長男は次男に殺され、次男は孫に殺され、孫はだれかに殺された。よくあることよ」

いくらこの社会が荒んでいるとはいえ、よくあることとは思えなかった。

やはり間違ってたのかしらね、とカレンの祖母は言った。

あの子に事実を知らせたことも。復讐を止めなかったことも。

さあ。彼女に言った。私にはわかりません。

彼女はため息をついた。

「きっとこれは天罰ね。罪深きばか息子を野放しにしておいたわけだから。ともあれ、やっと家に帰れる。べつにつらくはないわ。つらいことは時間がわすれさせてくれるもの」

私は魔法の本と魔法のペンをリュックから取り出した。

彼女は魔法のペンだけを受け取り、ダイアリーについては首を振った。

「いらないの、もう。好きにして」

それからクローゼットを開け、洋服を取り出した。

午後は友人と会うの、と彼女は言った。「だから悪いけど、そろそろ」

私は頷き、荷物を持った。

「いつ終わるか知れない余生、楽しんで生きないとね」

そうですね、と言った。


部屋から出たあと、私はドアに寄りかかってその場所で待った。

しばらくすると、部屋の中からすすり泣く声が聞こえた。

私はそこを去った。

＊

病院の駐車場前の芝生で寝転びながら撮った空の写真は部屋の壁にはりつけてある。

唯一、捨てずにおいた写真。

それだけ見ても、どこの空か、いつの空かわからない。だから廃棄を免れた。

この旅の一切をわすれたあとに見るあの写真は、もしかしたら私に複雑な感情を抱かせるかもしれない。


見上げたカーテンは風に揺れていた。

ベッドには爽やかな風が吹き込んでいた。

昼間から清潔なシーツの上で横になれるのはなんにも増してすてきなこと。

買ったばかりの白いワンピースがしわだらけになるかもしれなかったけど、気にしなかった。

いつまでもここでぐずぐずしていたい。

晴れた土曜日。

どこにもいかず、なにもせず、ただただ時間を無為に過ごすぜいたくはわるくない。

開けた窓から手前の道路を駆けるこどもたちの歓声が聞こえる。空には雲が浮いている。

レースのカーテンが煽られるたびに午後の陽が私の瞼を照らす。

こうして目を閉じ耳を澄ませていると、ここが残酷な世界であることをわすれられそう。

でももちろん、現実はあいかわらず非情なもの。

今夜もまた、だれかがどこかで、だれかによって踏みにじられる。

この国でえんえん繰り返されてきたこと。

平和はいつ訪れるのだろうか。

クローゼットの奥にしまった空気砲。今後、取り出す必要がないといい。

ここで目覚める私が二度と銃を手にしないことを願う。


わすれるという行為は不思議なものだ。

わすれたいと思ってもわすれることはできないし、わすれずにいたいと思ってもわすれずにいることはできない。おぼえているつもりのそれさえ、指からあふれる水みたいに、確実に自分からこぼれ落ちてる。そして、手のひらにわずかに残ったほうを見て私たちは、独自の解釈を加え、脚色し、改変し、それをそのままの真実だと思い込む。無意識のうちに。

とすれば、思い出を保持することにどれほどの意味があるだろう。

もし、思い出を自分の内側に止めておく価値があるとすれば、それは感情のためだ。

それぞれのエピソードにまつわって生まれた私の想いは間違いなく私だけのもので、それをおぼえておくことはのちの自分を戒めることでもあり、励ますことでもある。慰みと言い換えたっていい。すてきな時間がこの人生にあったと思わせてくれることはたしかに自分を救いもするだろう。

人間はみな、そうやって足跡が後ろについていることを確認しながらでしか前には進めない生き物だもの。

魔法の本にはすでに必要なことを書き込んだ。のちに思い出す必要がありそうなことは、あるいは記憶のない自分を説得するための文言は、キッチンのホワイトボードに記しておいておいた。

机の上には廃本の山。頂にはダイアリーがある。開いた状態で、地を下にして、風を受けるヨットの帆みたいに立っている。風が倒したら、閉じる。

大地の気まぐれにタイミングは委ねることにして、私はこれからわすれようとする思い出たちをなぞっているところ。それはこれから離れ離れになる友人の頬を撫でる行為に似ている。さよならは悲しいが、行ってしまえばいずれその不在にも馴染む。そして友人は戻らない。

私は欠けた人差し指を見る。
もういままでどおりにはピアノは弾けないことを残念に思う。
でもまだ九本ある。練習すればどうにかなるかもしれない。
たとえ完全には取り戻せないにしても。

ベッドから降りて床に頬をつける。

あの日をわすれてしまう前に、もういちど、あの日のことを思い出そうとする。あの日のリビングの床は冷たく、じっとり濡れていた。だれかが歩くたびに耳の中に低い音が響いた。

いま、私の部屋の床には白い埃。フローリングを伝う音は胸の鼓動だけ。視線の先には机と椅子の八本の脚があるきり。


私はそのままの体勢で眠りが訪れるのを、風がダイアリーを倒すのを待っている。

ときどきページが風に繰られ、ぱらぱらと紙と紙がこすれる音が聞こえる。

眠っているあいだに閉じてくれるといい。そのまえでも、あとでもなくて。

目覚めた私は違和感を抱くことになるかもしれないが、まあ知れたものだろう。


カレンとの旅を、アンネとの出会いをわすれたあとに見る空は、私にかなしい気持ちを抱かせるだろうか。

たぶん、抱かせるだろう。

胸がいっぱいになって声が出せなくなるかもしれない。

そういうのも悪くない。

リリイ・ザ・フラッシャーはセンチメンタル。

せつない想いを愛すこともできるだろう。

キャンディの味は変わるかもしれない。

私は失われた十月一日について思い巡らす。

このまちでカレンと過ごした最後の日。

ふたりはあの日、なにをしたのだろう。夢で見たのとだいたい同じだろうか。

ペンを返す前に、その日の記憶だけはよみがえらせておくべきだったかな。


いつだか病院前の芝生で寝転んだ日がなつかしい。

あの日カレンは私のとなりにいて、私はカレンのとなりにいた。ふたりはパートナーだった。

ここで目を覚ます私はひとりぼっち、となりにはだれもいない。でもそれがふつうなのだ。

この世はさみしさとたいくつで満ちている。だれかがいつもとなりにいてくれるとは限らない。

いっときであれ、すばらしい相棒をあたえられた幸運に感謝しよう。

そして、なにもかもを振り払って強く生きよう。


私ももうすぐ十六になる。

アンネの言った、人生がもっとも美しく輝く一年がもうすぐやってくる。


陽が私の顔を照らす。

レースのカーテンが波みたいにゆれる。私は暗い海面の上下をさまよっている気分。

眩しさと陰りが交互に訪れるなかで、静かに眠りを待っている。

目覚めとともにはじまる一日は私にとって新しい一日となるだろう。
起きたらまずシャワーを浴びよう。
髪を染めて、シャツを着て、お気に入りのスカートを穿いて出かけよう。
たぶん私は、白いカチューシャをしたいと思うことだろう。
あれは私によく似合ってる。
かわいい顔がいっそうかわいく見える。

暗くなる前に原っぱにいこう。
だれもいないところにシートを敷こう。
そうしてそこで、仰向けになって、ひとりで歌をうたうんだ。

わすれて、わすれて

二〇一六年九月二十日　印刷
二〇一六年九月二十五日　発行

著　者　清《し》水《みず》杜《と》氏《し》彦《ひこ》

発行者　早川　浩

発行所　株式会社　早川書房
郵便番号　一〇一 - 〇〇四六
東京都千代田区神田多町二ノ二
電話　〇三・三二五二・三一一一（大代表）
振替　〇〇一六〇・三・四七七九九
http://www.hayakawa-online.co.jp

定価はカバーに表示してあります

印刷／精文堂印刷株式会社　製本／大口製本印刷株式会社

ISBN978-4-15-209639-5 C0093